愛育同居
エリート社長は年下妻を独占欲で染め上げたい

藍里まめ

STARTS
スターツ出版株式会社

目次

愛育同居　エリート社長は年下妻を独占欲で染め上げたい

紫陽花荘に生きる私の願い

壁掛けの振り子時計は、七時半を指している。

「大家さん、おはようございます」と挨拶しながら、男性たちがひとり、ふたりと居間に入ってきた。

「おはようさん。今朝も暑いね。倒れんように、しっかり食べていっとくれ」

そう応えたのは私の祖母で、私たち女ふたりは、大きな座卓に六人分の朝食を並べていた。

鯵（あじ）の開きに、ほうれん草のおひたし。根菜の煮物とオクラの白和え、レンコンのきんぴらと卵焼きに、漬物や納豆などのご飯のお供が数種類。これらは全て祖母と私の、真心込めた手作りである。

座布団に腰を下ろしている男性たちと、私も笑顔で挨拶を交わし、「ご飯、いつもの量をよそっていいですか？」と問いかければ、四人が頷いた。

野口（のぐち）さんという大学生だけは、「僕はちょっと少なめで」と胃のあたりをさすりながら応える。「調子が悪いんですか？」と家族のように心配すれば、「いや、有紀（ゆき）ちゃん大丈夫。昨日、友達と飲みすぎたんだよ」と彼は自嘲気味に笑った。

庭から蝉の鳴き声が聞こえていた。

七月半ばの東京は暑くて、外を歩くのがつらいほどである。

けれども、この畳敷きの十畳間にクーラーはなく、古い扇風機が二台、ぬるい風を送っているだけであった。

七十歳になったばかりの祖母は、クーラーの冷風が苦手で、扇風機があれば充分だと言う。それは古い固定観念があるからではなく、実際にその通りなのだ。

周囲を高層マンションと商業ビルに囲まれ、時代から取り残されたかのようにひっそりと構えるこの建物は、築六十年ほどの二階建ての木造家屋である。そのため、一日のうち、ほんの数時間しか日が差し込まない。

居間の南側はガラス戸を開け放しているので、濡れ縁側と小さな庭が見える。ビルの隙間を縫って吹き込む風が軒下の風鈴を鳴らし、周囲の他の建物よりは涼しい住まいなのではないかと思われた。

ここは祖母と孫娘の私、小川有紀子が営む下宿屋『紫陽花荘』。

風呂トイレ共同でも、貸し部屋は全て埋まっている。電車の駅に近く、繁華街はすぐそこという好立地条件の上に、朝夕二食付きで家賃が四万三千円という安さが人気の理由だと思われた。

六人いる下宿人は男性のみで、大学生が三人と会社員がふたり、それと八十一歳になる横谷さんという名のおじいさん、という内訳だ。

六枚の座布団には五人の下宿人が座り、「いただきます」と食べ始める。

大皿に盛られた根菜の煮物を、横谷さんの分だけ、私が小皿に取り分ける。

三十年ほども紫陽花荘に住んでくれている横谷さんは、最近足腰も目も弱り、私は心配している。

「固かったらごめんなさい。細かく切りましょうか？」と問いかけると、ごぼうを口に入れた横谷さんは、「いや、大丈夫だよ。柔らかく炊いてある。ありがとう」と答えて、問題なく咀嚼していた。

安心して立ち上がった私に、冷たい麦茶を人数分のグラスに注いでいる祖母が声をかける。

「有紀子、鈴木くんの茶碗が空になったよ。お代わり、よそってきてやんなさい」

鈴木さんは大学四年生で、私と同じ二十二歳。まだ食べ盛りと言える年齢ではあると思うけれど、小どんぶりほどの大きな茶碗で出しているし、さすがに多いのでは……。

鈴木さんを見れば、祖母の先走った厚意に「えっ」と戸惑いの声を漏らしていた。

しかし、長袖の割烹(かっぽう)着姿で汗をかきながら、人のよさそうな笑みを浮かべた祖母に、「たくさん食べて元気に勉強しなさいよ」と言われては、断りにくそうだ。彼は「それじゃ、半分だけお願いします」と苦笑いして、私に大きな茶碗を差し出した。

私もクスクスと笑って、「少なめによそいますね」と立ち上がり、開け放してある居間の開き戸から廊下へ出る。

床板の軋(きし)む廊下は、玄関まで一直線に延びている。その左側は六畳間が三つ並んでいて、祖母と私がひと部屋ずつ、寝室として使っている。

玄関寄りのもうひと部屋は横谷さんの部屋で、右側には共同の浴室と洗濯乾燥機、トイレと台所、それと階段があった。

台所に入ろうと廊下を進んでいたら、その手前にある階段から縦縞しじらの浴衣(ゆかた)を着た、見目好い男性がひとり、下りてきた。

一階に下り立った彼と向かい合い、「桐島(きりしま)さん、おはようございます。皆さん、先に召し上がってますよ」と笑顔で声をかけた。

すると、「有紀ちゃん、おはよう」と親しげに挨拶を返してくれた彼は、自嘲気味に笑う。

「寝過ごしてしまった。顔を洗ったら、すぐに行きます」

浴衣の前合わせが緩く、張りのある大胸筋がチラリと見えている。

少々寝癖のついた短い前髪をかき上げる仕草に、私の鼓動が小さく跳ねた。

こういうのを、大人の色気というのかな……。

日本人離れした彫りの深い顔立ちをしているから、余計にそう感じるのかもしれない。

彼は、シモン・ボルレー・桐島さん、三十四歳。

煤竹(すすたけ)色の髪に白い肌、灰青色の瞳を持ち、身長は百八十五センチはあるだろうか。

私とは三十センチほど違う。

紫陽花荘の低い天井は彼には窮屈そうで、ドアの出入りの際には頭をかばって潜るようにしているから、古い建物で申し訳ないと感じる時もあった。

それでもこの下宿屋に四年も住み続けてくれるのは、浴衣を常用していることからもわかるように、外国の人でありながら和の暮らしを好むためなのだろう。

あ……間違えた。

その容姿から外国籍だと思われがちだが、桐島さんの国籍は日本である。

父親が日本人、母親がベルギー人で、生まれ育った場所はベルギーなのだとか。

日本語は出会った当初から流暢であるけれど、彼が日本に住み始めたのは紫陽花荘にやってきたのと同じ四年前で、敬語と砕けた口調が入り混じるのが彼の特徴である。

桐島さんは切れ長二重の瞳をニッコリと三日月形に細めてから、共同の洗面所へと歩き去った。

私は階段を挟んで奥にある台所へ。

老朽化の進んだ建物なので修理が追いつかず、流し台の前にある引き違いの窓は完全には閉まらない。

冬が来るとこの台所は寒すぎて、料理をするのが大変である。夏は夏で、隙間から蚊が入る時もあり、それも困りどころだ。

それでも掃除に手は抜かないので、整理整頓が行き届き、どこもかしこも清潔で、軋む床板までピカピカに私が磨き上げていた。

一升炊きの炊飯器から、鈴木さんと桐島さん、ふたり分のご飯をよそう私の口元は、自然と綻んでいる。

下宿屋という仕事も、紫陽花荘の古く味わい深い建物も大好き。

このままずっと、祖母とふたりで下宿屋を営んでいけたら……毎日思うことを、今朝も静かに願っていた。

忙しい朝食の時間が終わり、片付けも済むと、時刻は八時十五分になる。

二階からガタゴトと物音が響くのは、出勤や通学の支度に下宿人たちが追われているせいである。

ゆっくりしているのは自室でくつろぐ横谷さんだけで、私も汗をかきつつ、大量の食器を台所で洗っていた。

それを終えて、流し台の下にかけてあるタオルで濡れた手を拭き、昭和レトロな花柄の、お気に入りのエプロンを脱ごうとしたら、ポケットの中でスマホが震えた。

取り出してみると、それは五歳下の弟、武雄（たけお）からのメールの着信であった。

冷蔵庫前の床にしゃがんで、ぬか床を混ぜている祖母に弾んだ声をかける。

「おばあちゃん、見て！　武（たけ）ちゃんから写真が送られてきたよ」

「どれどれ、見せておくれ」

祖母の手はぬかまみれなので、私もしゃがんで祖母の顔の前にスマホを持っていき、並んで見る。

高校二年生の武雄は、スポーツ教育で名を馳（は）せる東北の名門高校で寮生活を送っている。五歳から始めた剣道を今も続けていて、真面目で明るく一生懸命な、可愛い弟である。

　この夏、三年生が引退したら、次は自分が剣道部の主将になると張り切っていた。

写真は二枚。どちらも校舎内の剣道場で撮られたもののようで、一枚目は、防具をつけ、面を小脇に抱えた部員が五十人ほど、キリッと表情を引き締めて整列している。

二枚目は、仲のよい友人と思われる男の子と肩を組み、満面の笑みを浮かべている楽しそうな写真であった。

　祖母が目尻にたくさんの皺を寄せている。

「武雄、元気にやってるみたいだね。嬉しいよ。まっすぐに育ってくれて、あの子は本当にいい子だよ」

　しみじみとした感想の中に、孫を想う祖母の温かな心と、保護者としての責任のような重みが感じられた。

　私たち姉弟は、祖母に育ててもらい大きくなった。

両親は、弟が一歳の時に離婚していて、母とは音信不通である。今どこでなにをしているのかもわからない。

　会社員だった父は、十二年前に交通事故で他界してしまった。

私が十歳、弟が五歳の時である。

その時に姉弟で紫陽花荘に引っ越してきて以来、私たちの親代わりとなり育ててくれた祖母には、感謝してもしきれない。

武雄の写真を嬉しそうに眺める祖母に、「手紙もついてるよ」と、私は弟からのメッセージを読み上げる。

「【ばあちゃん、姉ちゃん、いつもありがとう。大人になったら恩返しするから待ってて】だって」

「そうかい。それじゃあ、武雄が高校と大学を出て働くようになるまで、ばあちゃんは死ねないね」

「武ちゃんがいつかお嫁さんをもらって、ひ孫を抱くまで元気でいてくれないと。うん、玄孫（やしゃご）が生まれるまで長生きしてね」

それは私の心からの希望であったのだが、祖母は冗談と受け取ったようで、「百二十まで生きろってかい？」と笑っている。

七十歳の祖母は背筋がしゃんと伸びて、てきぱきと下宿屋の仕事をこなし、私よりも元気じゃないかと思うほどの健康体である。それでも、いつかは足腰が衰えて自分の身の回りのことをできなくなる時が来るだろう。そうなったら、私が祖母の介護をするつもりだ。

今まで面倒をみてもらった分、一生懸命にお世話しようと決めているけれど、武雄には自由に好きなことをして生きていってほしい。それが先に生まれた姉としての、願いである。

『恩返しをするから』といつも口にする弟の優しさは、気持ちだけもらっておこう。その思いはきっと、祖母も同じだろう。

写真を眺める祖母の瞳が潤んでいるのを見て、そう感じていた。


それから祖母は掃除機を持って居間に行き、私は玄関から外へ出る。

青空は清々（すがすが）しいけれど、空気は蒸し暑い。目の前は車線のないアスファルトの道路で、駅のある方に向けて、通学、通勤の人々が急ぎ足で歩いていた。

その人たちに背を向けて紫陽花荘を見れば、周囲の近代的なビルの中で、ここだけ昭和で時が止まっているような気分になる。

木造二階建てで奥に長いこの建物は、間口が狭いため、正面からだと普通の民家に見えてしまう。

今は亡き祖父が六十年ほど前に建てて下宿屋を始め、ひと回り年下の祖母が嫁入りして、夫婦で下宿屋を営んできた。

黒ずんだ縦板張りの壁も、ガタガタと音を立てて開けにくい玄関の引き戸も、ところどころが欠けている瓦屋根も、なにもかもが古めかしい。

玄関ドアの横に掲げている木目の表札は、A４紙を縦に三枚繋げたほどの大きさの【紫陽花荘】と、一般的なサイズで書かれた【小川】のふたつがある。どちらも長年風雨にさらされてきたため、墨字が滲んだように文字が読みにくかった。

外壁を張り替えて、表札を新しくすれば、少しは綺麗に見えるかな……。

そう思ったけれど、金銭的な余裕がないため諦める。

電車の駅は、この通りの二本向こうの大通り沿いにあり、徒歩五分ほどで、夜になれば駅周辺はネオン輝く繁華街である。

こんなぼろ家でも、毎年納める固定資産税が高すぎて、紫陽花荘の財政状況は常にぎりぎりの状態であった。

武ちゃんの学費や寮代も払わないといけないし、あと五年は修理できないよね……。

それまで、これ以上壊れずにもってほしいと願いながら、私は玄関周囲の掃除を始めた。

ビル風が私の前髪を横になびかせる。

強めの風が運んでくる菓子パンの袋や、ガムの包み紙などのゴミが、玄関横の紫陽花やプランターで育てているキュウリのツルに引っかかるから、掃除は欠かせない。古い建物だからこそ、綺麗にして、下宿人の皆さんに、気持ちよく暮らしてもらいたいから……。

ゴミを拾い、箒（ほうき）で掃き、玄関の引き戸にはめ込まれたガラスを雑巾で拭いていると、「行ってきます」と下宿人たちが次々と出かけていく。

「行ってらっしゃい。今日も頑張ってくださいね」と私が笑顔で送り出し、引き戸のガラス拭きに戻ろうとしたら、もうひとり、出勤しようとしている人が出てきた。

ライトグレーのスーツに青いネクタイを締め、黒い革の手提げ鞄（かばん）を持った桐島さんだ。

家の中では和装を好む彼だけど、出勤していく時はこのように、仕立てのよさそうなスーツをビシッと着こなしている。ハリのある短い髪は、前髪をすっきりと後ろに流して形のよい額を出し、真面目で清潔なビジネスヘアに整えられていた。

その姿はメンズ雑誌のモデルのように素敵だ。

掃除の手を止めて、「桐島さん、行ってらっしゃい」と声をかければ、彼は「行ってきます」と瞳を細める。それから、ふとなにかに気づいたような顔をして、「有紀ちゃん、じっとしていて」と私の頭に手を伸ばした。

私の黒髪は肩下までの長さで、後ろでまとめて捻り上げ、シンプルなヘアクリップで留めている。

そっと伸ばされた彼の手が、まとめ髪のてっぺんをサッと掠めるように触れて、遠のいた。

目を瞬かせてじっとしている私の前に、軽く握った右拳を差し出した彼は、ゆっくりと手を開く。すると、そこには一匹のモンシロチョウがいて、すぐにヒラヒラと青空へ飛び立った。

目を丸くした私が、「頭に止まっていたんですね。気づかなかったです。ありがとうございます」とお礼を言えば、好意的な笑みを向けてくれる。

「有紀ちゃんを花と勘違いしたのかな。君は姿も心も、とても美しいから」

大人の恋愛小説に出てきそうな褒め言葉を、生まれて初めてかけられた私は、鼓動が大きく跳ねて、恥ずかしさに頬が熱くなる。

こういう時、どういう顔をすればいいの……。

かつてこの近所に住んでいた年配の男性が、祖母に会いに訪れて、『娘らしくなったな。ペッピンさんだ』と私のことを褒めてくれた時は、笑って普通にお礼を言うことができた。

ところが今は、どんな返事をすればいいのかわからず、「あの……」と言ったっきり言葉が続かない。

灰青色の優しげな瞳と目を合わせていられずに俯いてしまったら、桐島さんはクスリと大人っぽい笑い方をした。そして、耳まで火照らせている私の頭をひと撫でると、「行ってきます」と背を向ける。

「あ……行ってらっしゃい！」

長い足で駅の方へと進む、スーツの後ろ姿を見送りながら、私は胸に手を当て、速い鼓動を鎮めようとしていた。

日本国籍を持っていても、生まれ育ちがベルギーなので、きっと女性を褒めるのも彼にとっては普通のことなのだろう。

一般的な日本人男性なら、照れくさくて、あんな褒め方はできないんじゃないかな……。

素敵な褒め方をしてくれた彼がとても大人に見えて、うろたえるしかできなかった自分を子供っぽく感じる。

ひと回りの年の差があるから、当然かもしれないが。

私も、精神的にもう少し大人になりたいと思っていたら、開け放してある玄関扉の奥から祖母の声がした。

「有紀子、洗濯機、止まってるよー」

「はーい！」

箒やゴミ袋を片付けると、私は慌てて家の中に駆け込む。

洗濯物を干したら、急いで出かけないといけない。

下宿屋の収入だけでは弟に新しい服も買ってあげられないので、私は高校生の時から近くのコンビニでアルバイトをしている。

貧乏暇なしとは、私の毎日のことを言うのかもしれない。

けれども、そこに暗い響きはなく、大好きな祖母と一緒に働ける今を楽しんで生きている。

洗濯機から衣類を取り出しながら、私は自然と笑顔になっていた。

救いの手

頭に蝶が止まった日から、三日が過ぎた日曜日。

今日も快晴で空気は蒸し暑い。

コンビニのアルバイトのシフトは十四時から入れてあり、出かけるまでにまだ四十分ほどある。

居間でひとり過ごしている私は、座卓に向かい、扇風機を独占して涼んでいた。

祖母は少し前に、干し椎茸(しいたけ)を買いに近くの乾物屋へ出かけていった。

暑い中を歩くのは大変だろうと思い、私がお使いに行くと言ったけど、断られた。

その乾物屋もうちの下宿屋と同じような古い木造の店舗で、周囲をビルに囲まれても頑張って営業を続けている。そこの奥さんと祖母は年が近く、昔からの友人関係にあり、雑談をしたいという目的もあるようだ。

下宿人たちは出かけていたり、それぞれの部屋で過ごしたりしている。

この居間は出入りを自由としているので、よく横谷さんがここでお茶を飲みながらテレビを見ている。しかし、夏場は食事時しか出てこない。それぞれの貸し部屋にはクーラーを設置しているので、ここで過ごすより快適だと思われた。

誰もいない居間の座卓に頬杖をつき、なにをするでもなく座っていると、なんとなく寂しい気持ちになる。

二階のベランダに干してあった洗濯物は、先ほど取り込んで片付けた。掃除は午前中に終わらせているし、夕食の下ごしらえをするには早すぎる。

さて、なにをしよう……。

「あれをやろうかな」と独り言を呟いた私は、自分の部屋からスケッチブックと水彩絵の具を持ってくる。そしてガラス戸を開け放してある縁側に腰掛けて、スケッチブックの真っさらなページを笑顔で開いた。

私の趣味は水彩画である。それは誰かに見せたり、コンテストに応募しようという目的があるわけではなく、ただ描くという行為が好きなのだ。

画題の多くは、この裏庭の草花であり、まずは鉛筆で紫陽花の輪郭を描く。

紫陽花荘という名の通り、たくさんの紫陽花を植えていた。玄関横のふた株は、もう花の見頃を終えてしまったが、ここは日が差し込みにくいから、七月半ばの今でも綺麗に咲いている。赤紫、紫、青、白と、色とりどりだ。

紫陽花の花の色は土の酸性度によって変わるので、祖母が毎年春先に石灰や焼きミョウバンを撒いて調整していた。

紫陽花はもう何百枚と描いてきたため、迷いなく絵筆を走らせた私は、ほんの十分ほどで水彩画一枚を完成させた。

「うん、綺麗に描けた。楽しかった」と独り言を呟いて絵筆を置いたら、「有紀ちゃん」と後ろに声がした。

振り向くと、居間の戸口に立っているのは桐島さん。

彼は半袖ワイシャツにネクタイを締め、小脇に脱いだスーツのジャケットを抱えて仕事用の鞄を提げている。

日曜日でも彼は時々仕事に出かけているので、今日もそうなのだろう。今は帰ってきたところのようで、額にうっすら汗を滲ませていた。

縁側まで歩み寄った彼は、私の横で中腰になり、スケッチブックを覗き込む。

「とても上手だ」と灰青色の瞳を細めて褒めてくれた。

「あ、ありがとうございます……」

祖母や弟以外の他人に、絵を見られるのは少し恥ずかしい。素人が自己満足のために描く絵なのだから、見てもらいたいと思えるほどの自信はなかった。

思わずスケッチブックを閉じてしまったら、桐島さんが目を瞬かせた。

「なぜ隠すの？　見せてください」

「あの、自己流で描いてるので、お見せできるほどの絵じゃなくて……」

「そんなことはない。写実的なのに可愛らしい味わいがあって、色使いがとても綺麗だ。有紀ちゃんの絵に私は今、癒されました。もう少しゆっくり眺めれば、今日の仕事の疲れがすっかり取れると思います」

桐島さんは褒め上手で、少しずるい。そんなふうに言われたら、スケッチブックを「どうぞ」と差し出すしかない。

「ありがとう」と素敵に微笑んだ彼が縁側に腰掛けてスケッチブックを開いたので、私は恥ずかしさに顔を火照らせて、立ち上がった。

「あの、冷たい麦茶を持ってきます。縁側は暑いので、座卓の前で待っていてください」

麦茶というのは、絵を見られる照れくささをごまかすための口実のようなもので、台所へと小走りに逃げ出した私の後ろには、クスリと好意的な笑い声が聞こえた。

グラスふたつに麦茶を注ぐのに三分ほどをかけ、速い鼓動を鎮めてから、お盆にのせて居間に戻った。

桐島さんは私の水彩画を見終えて座卓に置き、座布団の上にあぐらを組んで座っている。

彼に渡したスケッチブックは新調して間もないので、今日描いたものを含めて四枚しか見せられる絵はなかった。

彼に麦茶を出し、私は向かい側に座る。

「素敵な水彩画でした。ありがとう」とスケッチブックを返されて、ホッとしたのも束の間、「今まで描いた絵はどれくらいあるの？」と問いかけられてギクリとした。

「これと同じようなスケッチブックが百冊くらいです……」と正直に答えつつも、まさか全て見せてほしいと言われるのではないかと危惧していた。

過去に描いた絵は、今より下手くそでさらに自信がないので、それは勘弁してほしい。

けれども桐島さんは、「そう」と深く頷いただけで、水彩画の話を終わらせてくれた。

彼は優しい人だ。きっと恥ずかしがる私の気持ちを汲み取って、話を広げないようにしてくれたに違いない。

代わりに彼が座卓の上にのせたのは、ティッシュの箱ほどの大きさで、藍色に金縁の立派な紙箱に入れられたチョコレートである。

「有紀ちゃんにお土産だよ」と彼は微笑んだ。

「モルディのチョコレート。いつもありがとうございます！」

モルディは世界的に有名なヨーロッパのチョコレート会社で、スーパーマーケットやコンビニでは売られていない。手に入れるには直営店かデパート内の専門店、もしくはオンラインショップで購入するしかなく、高級品である。味はもちろんのこと、見た目が華やかで美しいので、贈り物として購入する人がほとんどなのではないかと思われた。

貧乏人の私が自分で買うことは決してない、この高級チョコレートを、桐島さんは時々差し入れてくれる。申し訳ないと思いつつも、絶品チョコの味を思い出せば心が弾み、食欲が刺激される。

ゴクリと喉を鳴らした私が「今、食べてもいいですか？」と尋ねれば、「もちろん」と彼は片目を瞑(つぶ)って答えた。

モルディと英語で書かれた箱の蓋(ふた)をそっと開ければ……私は感嘆の息をつく。

芸術的なまでに美しい、ひと口サイズのチョコレート十個が、五個ずつ二列に並んでいた。〝チョコレートの宝石〟と呼ばれている通りの見た目である。

箱に伸ばした手を彷徨(さまよ)わせて、私はどれから食べようかと迷っていた。

ひとつひとつ味も形も異なるので、いつも口に入れるまで時間がかかってしまう。

二十秒ほどかけてやっとつまんだのは、表面に波模様をつけた一番シンプルに見えるひと粒だ。

口に入れて歯で割ると、中からオレンジ風味のトロリとしたチョコレートが溢れ出て、その美味しさに私の心までとろけてしまいそうになる。

ああ、幸せ……。

飲み込んでしまうと、またすぐに次の幸せが欲しくなり、ホワイトチョコでコーティングされたものを口に入れた。

気づけば上の列の五つを食べきっていて、ハッとした私は顔を曇らせ、「一気に食べちゃった。もったいない……」と呟いた。

すると、黙って麦茶を飲んでいた桐島さんが吹き出して、「失礼！」と慌てて座卓に飛んだ水滴をティッシュで拭いている。

それでも笑いを収められずに肩を揺らしている彼を見て、私の言動がいささか子供染みていたかと恥ずかしさが込み上げた。

しかし、「またすぐにプレゼントするから好きなだけ食べていいんだよ」と言われると、「わっ、ありがとうございます！」と曇り顔から一転、パッと顔を輝かせて無邪気に喜んでしまった。

あ……私も一応大人なんだから、こういう時は遠慮した方がよかったかな……。

またしても子供っぽい反応をしてしまったと目を泳がせれば、桐島さんが伸びやかで少し低く、深みのある声で「嬉しいよ」と言った。

「有紀ちゃんは幸せそうに食べてくれるから、贈りがいがあります」

「で、でも、私は桐島さんになにもお返しできないのに……」

「色々としてもらってるよ。美味しい食事の支度と丁寧な掃除。こんなに素晴らしい住まいを与えてくれて、感謝しています。この前のアイロンがけも、ありがとう」

先週、出勤前の彼のワイシャツの背にくっきりとした皺が一本入っているのに気づき、私はアイロンをかけてあげた。

それは頻繁にあることではなく、大した労力でもない。お礼はその時に言ってもらった『ありがとう』の言葉だけで充分である。

食事の支度や掃除は下宿代をいただいているのだから当然のことであるし、この古めかしい下宿屋を素晴らしいと言ってくれるのは、桐島さんくらいのものだろう。

こちらこそ感謝でいっぱいだ。

当たり前のことしかしてあげられない私に、こうして高級チョコレートを差し入れてくれる彼は大人で、『こんな優しい人が兄だったらよかったのに……』と心の中で呟いた。

頑張っているつもりでも、やっぱり私では頼りない面もあり、弟にことあるごとに『将来は姉ちゃんを楽にさせてあげる。恩返しするから』と言わせてしまうのが、少し心苦しい。それで桐島さんが兄だったら……と欲張りな妄想をしてしまった。

「桐島さんは、どんなお仕事をされているのですか？」と聞いたのは、彼の存在をもう少し身近に感じたいと思ったからである。

下宿人の勤め先や通学先などの情報は、部屋を貸す際の契約書に記入されているはずで、祖母は知っていると思う。けれども私はそれを見たことがないし、下宿屋の財政的な部分にもまだ関与していない。見せてと言えば祖母は契約書を出してくれる気もするが、その機会がないまま今日に至る。

祖母としては今、自分に健康不安がないから、経営にまで携わらせるのは早いと考えているのかもしれない。まだまだ子供だと思われていることも、その理由かと推測された。

そんなわけで、会話の端々で大学生三人が通う大学名は知っていても、私は桐島さんの勤め先を把握していなかった。

彼の仕事に関して私が知っていることは、電車通勤できる範囲にあるどこかの会社に勤めていて、基本は週休二日の一日八時間勤務ということくらいだ。

私が普段気にかけるのは夕食のことで、いつでも家にいる横谷さん以外の下宿人たちには、帰宅時間に変更があればメールか電話で知らせてもらっている。

それだけの情報で、充分であった。

これまで四年間、一度も尋ねなかった仕事について質問した私に、彼は戸惑うような顔をした。しかしそれは一瞬だけで、すぐに口元に笑みを浮かべて教えてくれる。

「ベルギーに本社を置く企業の日本法人です。支店のようなものだと思ってもらえるとわかりやすいかな。仕事内容はごくごく普通です。私は今の仕事が好きだけど、デスクワークや会議が多くて、有紀ちゃんにはつまらないと思われてしまいそうです」

冗談めかして言った彼の言葉を、私は慌てて否定する。

「つまらないなんて、そんなこと思いません。かっこいいと思います」

私は高校在学中からずっと、アルバイトと下宿屋の手伝いをして、それ以外の仕事をしたことがない。

会社という大きな組織の中で働くOLという言葉の響きに、密かに憧れていた。

一度くらい、会社勤めを経験してみたかったな……と。

下宿屋の仕事が一番好きなので、今の生活になんの不満もないけれど。

桐島さんの説明では、具体的な仕事風景を思い浮かべることはできなかったが、それでも話してくれたことに満足していた。

それと同時に、いつかは親会社のあるベルギーに帰ってしまうのだろうと思い、寂しい気持ちにもなる。

それを口にすれば、彼はなぜか嬉しそうに微笑んだ。

「有紀ちゃんが寂しいと思ってくれるなら、帰らないことにしよう」

「えっ⁉」

「それは冗談だけど、帰る気がないのは本当だよ。というより、私は日本人ですから。ベルギー社から戻れと辞令を下されない限り、紫陽花荘に居座ります」

「有紀ちゃん、末長くよろしく」と言って明るく笑った桐島さんに、私は安堵と喜びを感じていた。

下宿屋というのは、住人にとっては一時的な住まいで、いつかは出ていってしまうものだと思っていた。ここを気に入り、末長くと言ってくれた桐島さんの気持ちが嬉しい。

でも、彼にも家族がいるはずで、ずっと日本で暮らすことに反対はされないのだろうか……？

その心配も口にすれば、「問題ないよ」とサラリと言われた。

「私はひとり息子だけど、親戚は多く、両親が困れば助けてくれる人が大勢います。それに両親は演奏家なので、世界中を飛び回り、ベルギーに滞在している時間は多くない」

「演奏家⁉」と驚く私に彼は、もっと詳しく教えてくれる。

日本人の父親はバイオリニストで、ベルギー人の母親はピアニスト。

クラシックに疎（うと）い私はその名を耳にしたことがないけれど、ふたりとも有名な奏者で、コンサートやリサイタルは世界各地で行われ、多忙な生活を送っているそうだ。

そのため家族三人揃って、ベルギーにある自宅で過ごす時間は、彼が幼い頃からなかなか取れないという話であった。

桐島さんは自嘲気味に、「音楽的な才能は遺伝されなかったらしい」と話を続ける。

「私はピアノを少し弾ける程度で、クラシックに興味も薄いんです。音楽より今の仕事が性（しょう）に合う。好きな世界で生きている両親なので、私にも自由に生きなさいと言ってくれました」

息子を無理やり自分たちと同じ世界に入れようとするのではなく、自由に……か。

心の広いご両親だと尊敬の念が湧く。

そして自由な気持ちで、日本で働くことを選んでくれた桐島さんに、これまで以上の好意と親近感を抱いていた。

「素敵ですね」と、桐島さんと彼のご両親について感想を述べたら、玄関の引き戸が開けられる音がして、「ただいま」と祖母の声が聞こえた。

「あ、おばあちゃん、お帰りなさい！」

慌ててモルディのチョコレートに蓋をして、座卓の下に置いた。

隠さなくてもいいのに、そうしたわけは、祖母が私のことを和菓子好きだと思っているからである。

私が菓子を買うとしたら、祖母が好きな小豆餡の入った饅頭や大福餅がほとんどだ。本当はチョコレートが一番好きだけど、それを話したら、祖母は和菓子よりもチョコレート菓子を買ってきなさいと言うに違いない。

私としては、自分の好物より、祖母が美味しそうに饅頭を食べる顔が見たいのだ。それにチョコレートほどではないけれど、和菓子も好きなので、決して無理をしているわけでもない。

ハンカチで汗を拭きながら居間に入ってきた祖母は、干し椎茸の他に、水羊羹の入ったビニール袋を提げている。

「おや、桐島さんもいたのかい。ちょうどよかった。乾物屋のさっちゃんに、お中元のお裾分けを三つもらってね。有紀子は小豆の和菓子が好きだから。一緒に食べよう」

ハッとして桐島さんの顔を見たのは、私がモルディチョコレートを幸せいっぱいに頬張ったばかりだと、言われてしまう気がしたためだ。

目が合うと彼は、瞳を三日月形に細めて、小さく頷いてくれた。『大丈夫。事情はわかったよ』と言いたげに。

いや、もしかすると今わかったのではなく、前々から私が和菓子好きを装っていることに気づいていたのかもしれない。

これまで彼が私にモルディチョコレートを差し入れてくれたことは十回以上あったが、思い返せば、初めての時以外、祖母が近くにいない時を狙って渡してくれた気がする。

桐島さんは私のことをよく見て、気持ちまで理解してくれているんだ……。

そう思うと少しくすぐったいような、照れくさいような喜びが、胸にじんわりと広がった。

和気あいあいと水羊羹を三人で食べ終えると、時刻は十三時四十五分。

そろそろ私は、アルバイトに出かけなければならない。

立ち上がった私に桐島さんは、「行ってらっしゃい。頑張って」と優しい声をかけてくれて、彼自身は動く気配がない。

このまま祖母の世間話に付き合ってくれるのだろうと思ったが、祖母が腰を上げた。

「さて、もういっぺん、行ってくるかな」

私は廊下に踏み出そうとしていた足を戻して振り向き、「おばあちゃん、どこ行くの？」と問う。

「乾物屋。水羊羹をもらったからね。お返しに、うちの紫陽花を切って持っていくよ。さっちゃんは青紫色の紫陽花が好きなんだ。きっと喜んでくれる」

ふーんと納得してそれを聞き、縁側から庭へ下りた祖母に背を向けて、私は廊下を歩き出した。

自分の部屋に入り、小さな鏡台の前でナチュラルピンクの口紅だけを薄く塗る。

それから、ショルダーバッグを肩にかけて廊下に戻った。

庭の方からはパチンパチンと紫陽花の枝を切る、花鋏（はなばさみ）の音が響いて聞こえる。

私も顔なじみである乾物屋のおばさんが、うちの紫陽花を手に喜んでいる顔を想像したら、ほっこりとした気持ちになった。

『さあ、私はアルバイトを頑張ろう』と口角を上向きにして、玄関へ足を進める。

するとと庭の方で、ドサッと重たいものが地面に落ちたような音がした。

それがなにかと考える間もなく、続いて「大家さん⁉」と驚いたように叫ぶ桐島さんの声がする。

弾かれるように振り向いた私は、異変を察して廊下を引き返し、居間に駆け込む。

目に飛び込んできたのは、裏庭で横向きに倒れている祖母の姿。

血相を変えた桐島さんが地面に膝を落とし、「大家さん！」と繰り返し呼びかけていた。

「おばあちゃん！」

私も靴下のまま庭に飛び下りて、祖母に駆け寄る。

「おばあちゃん、どうしたの⁉」

横向きの顔を覗き込んでハッとした。

口から大量の血を吐いて、意識はない。

青ざめる私が祖母の体を揺すろうとしたら、桐島さんに止められた。

「動かさない方がいい。息も脈もある。救急車を呼ぼう」

「は、はい」

慌てて縁側に投げ置いたバッグの中からスマホを取り出すも、手が震えて正しい数字を押すことができない。

桐島さんがすかさず私の手からスマホを抜き取り、代わりに電話をかけ、状況を説明してくれている。

祖母が切った青紫色の紫陽花の花が三朶(えだ)、地面に落ち、赤黒い血に濡れていた。

情けない私は祖母の横にへたり込んで、涙目で震えるしかできなかった。

それから五日が経つ。

今日は朝からしとしとと悲しみの雨が降り、紫陽花の咲く庭も、下宿屋の建物も、全てを暗い色に染めていた。

祖母は倒れてから一度も目を覚ますことなく、病院に着いて間もなく息を引き取った。食道静脈瘤(じょうみゃくりゅう)の破裂が死因だと、医師に告げられた。

静脈にできたコブは自覚症状がないまま大きくなり、ある日突然破れて、出血性ショックで亡くなる人も少なくないのだとか。

そう説明されても、祖母の死をすんなりと受け入れることはできずに、私は苦しんでいる。

あんなに元気だったのにどうして……という戸惑いと、二度と話をすることができない悲しみ。それと、心にポッカリと穴が開いたような大きな喪失感を抱えて、私は仏壇の前で手を合わせる。

仏壇は居間の隅にあり、祖父と父の位牌の隣に、祖母の真新しい位牌を並べた。

居間には私と弟、親戚のおじさんの三人がいる。

仏壇の前には白い布で覆った小さな祭壇が設置され、綺麗な布袋に包まれた骨壷と祖母の遺影が、菊やユリの花に囲まれるようにして置かれていた。

弟の武雄は私の隣に正座して、両手を膝の上で強く握りしめている。泣き腫らした赤い瞳はまだ潤んでいて、それを見られまいとして俯いている様子であった。

私も随分と泣いたけれど、今はもう涙は止まっている。

三日三晩泣き続けて涙は枯れた……いや、泣いていられない。

これからは私が弟の保護者だ。

武雄が社会人になるまで支えていかないと。

悲しみに押し潰されていては、生活が破綻してしまう。

つらいながらも、しっかりしなければと思えるようになったのは、弟の存在の他にも理由がある。

この五日間、桐島さんが会社にも行かずにつきっきりで私を支えてくれたからだ。

泣き崩れていた私に代わって弟を呼び寄せ、親戚に連絡し、葬儀の手配から、こうして仏壇の前に小さな祭壇をこしらえるまで、なにからなにまで彼がやってくれた。

葬儀会社の担当者が、桐島さんを私たちの親族に違いないと途中まで思い込んでいたほどの働きぶりである。

それを見ていたら、いつまでも泣いていては駄目だと思ったのだ。

桐島さんはただの下宿人なのに、これ以上、甘えるわけにいかない。

悲しみは押し込めて、私が動かなくては。

桐島さんは今、二階にある自分の部屋にいる。パソコンで仕事をすると言っていたけれど、それだけではなく、祖母の弟である繁（しげる）おじさんがここにいるから、遠慮したのだろう。

線香の匂いの染み込んだ喪服姿の私の背に、「有紀子」と繁おじさんの声がかけられた。

正座をしたまま体の向きを変えて、おじさんと顔を合わせれば、祖母とよく似た優しい目が、心配そうに細められる。

「これからどうするんだ? ここを処分して、俺のところに来ないか?」

繁おじさんは茨城に住んでいて、足に持病のある奥さんの介護をしながら年金生活をしている。とてもじゃないがお世話になりますとは言えないし、私はこのまま下宿屋を続けるつもりでいる。

アルバイトをやめて下宿屋の経営に専念すれば、きっと私ひとりでも切り盛りしていけるだろう。バイト代が入らないことで、これまでよりも厳しい経済状況になるとは思うけれど……。

それを伝えて、親切な申し出をはっきりと断ったら、繁おじさんは小さなため息をついてから、「よっこらせ」と立ち上がった。

「母さんが心配だから、帰るな。姉さんの四十九日にまた来る。有紀子、無理だと思ったら、相談してくれよ」

「うん。おじさん、ありがとう。でもきっと大丈夫。ううん、絶対に紫陽花荘を守る。おばあちゃんの大好きな場所だから」

繁おじさんを、弟とふたり、玄関で見送る。

引き戸が閉められたら、隣で弟がポツリと言った。

「俺、学校やめて働こうかな……」

驚いて弟の顔を見たけれど、視線は合わない。

葬儀の間、ずっと無口であった弟は、彼なりにできることを探していたのかもしれない。それが高校を中退して働くということのようで、私は悲しい気持ちにさせられた。

私が保護者では、頼りないということだよね……。

そう思わせてしまったことに申し訳なさを感じて胸が痛んだが、あえて明るく笑ってみせた。

「なに、生意気言ってるのよ。私ひとりでも下宿屋をやれるし、お金のことは心配いらないよ。だから明後日の日曜に寮に戻ってね。月曜から学校に行かないと」

「でも……」と渋る弟は、私より二十センチも背が高い。けれども七分刈りの短い頭髪に丸顔で、高校のブレザーを着ているその姿は、まだまだ子供という印象を与える。

腕を伸ばして弟の頭を撫でた私は、もう一度笑って「大丈夫」と言った。

「力になりたいっていう武ちゃんの気持ちは伝わってるよ。ありがとう。でもね、私の望みは武ちゃんが好きな剣道に打ち込んで、夢に向かってまっすぐに進むこと。将来は高校の先生になって、剣道部の顧問をやりたいって言ってたじゃない。おばあちゃんもきっと、夢を諦めないでって思ってるよ」

「姉ちゃん……ありがとう」

私につられたように微笑んでみせた弟だけど、無理をしているような笑顔は、かえって悲しげに映る。

もう泣かないと決めたのに、私の涙腺がまた緩みかけ、慌てて弟に背を向けて、台所へと歩き出した。

「夕食の支度を始めようかな。下宿屋なのに五日もさぼっちゃって、皆さんに申し訳ないよね。お詫びに今夜は美味しいものをたくさん作らないと……」

喪服から着替えもせずに台所に逃げ込み、流し台の縁に両手をついて、涙が溢れないようにこらえていた。

けれども、ここに逃げたのは間違いであったみたい。

まな板や包丁、大鍋やぬか漬けの樽、ここにあるもの全てに祖母の思い出が染みついていて、ふたりで並んで料理していた毎日を羨ましく振り返ってしまう。

「おばあちゃん、そばにいてよ……」

呻くように本音を呟いたら、涙がひと粒ポタリと、流し台に落ちた。

四十九日の法要と納骨も済んだ九月の中旬。

必死に働く私の毎日は、祖母の死を悲しんでいる暇もないほどであった。

それでも、紫陽花荘をひとりで切り盛りしていけるだろうかという不安は減り、やっていけるという自信が膨らんでいる。

料理も掃除も、祖母がいてくれた時の倍以上の時間がかかってしまうけど、アルバイトをやめて下宿屋の仕事に専念しているので、なんとかこなすことができている。

配膳や片付けは、下宿人たちが自主的に手伝ってくれて、それが申し訳なくもありがたかった。

そんな日が続き、大変な中でも生活も心も落ち着きが戻ってきた気がしていたのに……金銭的な問題が大きな壁となり、私の行く手を塞(ふさ)いでしまった。

九月の半ばを過ぎたある平日、壁掛けの振り子時計は六時五十分を指している。

エプロン姿の私は炊き立てのご飯を仏壇に供えて正座し、手を合わせる。そして、心の中で祖母に語りかけた。

『おばあちゃん、今日の朝ご飯の時に、下宿の皆さんに話すね。紫陽花荘を守れなくて、ごめんなさい……』

数日前、桐島さんに紹介してもらった税理士の男性に来てもらい、相続や下宿屋の経営について相談した。

心配していた相続税は、基礎控除の範囲内に収まるとのことで、払わなくてもいいらしい。

それにホッとしたのも束の間、帳簿や通帳、土地や建物の権利証など、金銭的なことに関わる一式が入った祖母の桐箪笥の引き出しを開けて、税理士と中を確認したら、借用書が出てきたのだ。

なぜ借金があるのかと驚き、その理由を探るべく祖母の古い日記を紐解けば、父が起こした交通事故に関係した借用書であることがわかった。

父はみぞれの降る冬の夜道に車を走らせていて、タイヤがスリップし、沿道の骨董品屋に突っ込んで亡くなった。十二年前の出来事だ。

幸い骨董品屋は営業時間外で店内に人はなく、怪我人は出なかったのだが、建物の一部と高額な商品を多数壊してしまい、対物保険の上限を上回る額の賠償を求められたと、日記に書かれていた。

そのために背負った多額の借金を、祖母は今でも返し続けていたようだ。

毎月八万円ずつの支払いは、完済まであと二十一年ということであった。

借金があることを、祖母が私と弟に教えなかったのは、不安にさせないためだと思われる。その優しさは嬉しくても、毎月八万円の返済の事実に直面し、目の前が真っ暗になった。

アルバイトをやめて、金銭的に少しの余裕もない状況なのに、こんな額は払えない……。

税理士の男性とふたりきりの居間で呆然としてしまったら、彼が私に哀れみの目を向けて、こう言ったのだ。

『ここを更地にして売却すれば、借金を完済しても三百万ほど手元に残ると思います。その方がよろしいのでは……』

祖母の仏前で紫陽花荘を終わらせる決意をしたことを謝罪した後は、私は小さなため息をついて立ち上がった。

ここを守れなかった自分の非力さが悔しい。下宿人たちに、出ていってくださいと話さねばならないことを思えば、心に痛みも覚える。

沈んだ気持ちで台所と居間を往復し、朝食を並べていると、下宿人たちがひとりふたりと階段を下りてきて、声をかけてくれる。

「おはよう、有紀ちゃん。味噌汁は俺がよそうよ」と、彼らは配膳を手伝ってくれた。

浴衣姿の桐島さんも下りてきて、私が運ぼうとしていた、大根と鰯（いわし）の煮物を盛った大皿に手をかけ、「持っていくよ」と廊下で言う。

灰青色の優しい瞳が、気遣うように私を見つめている。

「あ、ありがとうございます……」

祖母の急死からずっと私を支えてくれた桐島さんにも、紫陽花荘を終わらせることをまだ伝えていない。

ここが好きで『末長くよろしく』と言ってくれた彼に、話すのが怖い。

こんなにも協力してくれたのに、結局やめることになったと言えば、きっとがっかりさせてしまう。

今は優しげに弧を描いているその瞳が、これからは冷たい視線を投げかけてくるのでは……そう考えたら、怖気づく思いでいた。

いつもと違う私の様子に気づいたのか、彼が微かに眉を寄せ、「有紀ちゃん？」と問いかける。

「あ……私、麦茶を取ってきます」

煮物を渡した私は、彼に背を向けて、逃げるように台所に引き返す。

桐島さんにだけは悪く思われたくない。そんな怯えと不安が胸にあるのは、彼に対して、心の面で依存してしまっているからなのかもしれない。

桐島さんは兄じゃないのに、すっかり頼ってしまって……これでは駄目だ。しっかりしないと。

自分を戒めた後は、朝食が始まる。

いつものように横谷さんに大皿の料理を取り分けて、固いものは食べやすく切ってあげたら、私は座卓の横のドア側に立って、深呼吸する。

それから意を決して口を開いた。

「皆さん、食べながら聞いてください。実は、紫陽花荘が――」

思わぬ借金が発覚して、経営していくことが不可能になったと説明し、なるべく早く退去してほしいと頭を下げてお願いした。

下宿人たちは食事の手を止めて、驚きの目を私に向けている。

桐島さんは座卓の端の、私に近い位置に座っている。

彼の顔だけは見ることができなくて、他の五人を順に見ながら、私は続きを話した。

「昔から懇意にしている不動産屋さんに相談したら、ここの近くで似たような家賃の物件を探しておくと言ってくれました。ただ、食事付きの下宿というのは難しいみたいで……」

私の話を無言で聞いてくれる下宿人たちは、一様に困っているような残念そうな顔をしている。

怒られることも覚悟していたのに、誰ひとりとして文句を言わず、「本当にすみません」と何度も頭を下げた私に、「仕方ないことだよ」とありがたい言葉をかけてくれた。

「有紀子ちゃん、今まで頑張ってくれてありがとう」と言ってくれたのは大学生の鈴木さんで、桐島さんではないもうひとりの社会人男性は「これからどうするの？」と私の今後を心配してくれる。

私はここを処分する前に、就職先を見つけようと考えている。できるなら、正社員として雇ってもらえるところで働きたい。高卒の資格しかない私なので難しいかもしれないが、やれるだけの就職活動はしてみようと思っている。

そして安アパートに引っ越して、更地にしたここの土地を売って借金を完済し、残りのお金を弟の大学入学資金に充てる。弟はまだ高校二年生だけど、一年半などあっという間に経ち、まとまったお金は必ず必要になるのだ。生活費と弟への仕送りなどは、これから就職した先の私の給料で賄（まかな）おうと考えていた。

私のことまで心配してくれる優しい下宿人たちに、それを簡単に説明し、「私は大丈夫です」と少しだけ微笑んでみせる。

それから眉を下げて、横谷さんと視線を合わせた。

「横谷さんは、ええと……」

八十一歳の横谷さんは、ひとり暮らしは無理なのではないかと思われた。足腰も目も弱り、買い物に行くのも一苦労であろう。

不動産屋にも相談したが、食事付きで紫陽花荘と同じくらいの安い物件は難しいそうで、サービス付きの高齢者用の住宅はどうかと勧められた。ただし入居前にはまとまったお金が必要で、金銭的な余裕があるのかは、横谷さんに聞いてみないとわからない。

言わずとも私の懸念が伝わったのか、横谷さんが短い白髪頭をひと撫でして口を開いた。

「大阪に住む娘が、何年も前からおいでと言ってくれてるんじゃ。住み慣れた町でもう少しと思っとったが、引っ越し時のようじゃな。花枝さんもいなくなって寂しいしな……。だからわしのことは心配いらん」

花枝とは祖母の名である。

〝大家さん〟ではなく、祖母を名前で呼ぶのは横谷さんだけで、私よりも長くここで暮らしているから家族のような感覚なのだろう。祖母の死に私と同じくらい泣いてくれて、寂しいという言葉以上の喪失感を抱えているような気がしていた。

娘さんと一緒に暮らせるなら、私も心配せずに済み、心の荷をひとつ下ろせたような思いになれる。

あとの心配は、桐島さん……。

桐島さんの反応が怖いという気持ちを抑えて、すぐ近くに座っている彼を見れば、ひとりだけ黙々と食事を続けていた。

煮物を口に入れ、さやいんげんの胡麻和えに箸を伸ばし、ワカメと豆腐の味噌汁をすする。その様子があまりにも普通で、私は戸惑いの中に落とされた。

落胆しているようにも、困っているようにも、怒っているようにも見えない。

鮭の塩焼きとご飯を口に入れ、美味しそうに頷きながら咀嚼している様子を、どう捉えたらいいの……？

「あの、桐島さん？」と問いかければ、彼がいつも通りの優しい微笑みをくれて、「焼きたての塩鮭は最高です。皮がパリッと香ばしくてとても美味だ」と食事の感想を述べた。

思わず「え？」と聞き返したが、彼は私にではなく、他の下宿人たちに向けて言った。

「皆さんも温かいうちに食べないと。せっかくの美味しい朝食がもったいないですよ。

時間もなくなります」

桐島さんのその言葉で、他の人もそれぞれの通学や出勤の時間を気にして、箸を持ち直す。

再び食事の音が流れ出した居間で、私は半開きの口でポカンとしてしまった。

まさか、私の説明が聞こえていなかったわけじゃないよね。美味しく食べてくれるのは嬉しいけど、この状況で食事を楽しんでいられるのはどうしてなの……？

桐島さんの心が読めない私は、彼の横に突っ立ったまま、目を瞬かせるばかりであった。


それから二週間ほどが過ぎ、九月最後の日曜日。

私はひとりきりの居間で座卓に向かい、ハローワークでもらってきた求人情報のコピーを読んでいた。

早速、就職活動を始めて、三日前に一社の面接試験を受けてきたけれど、コンビニのアルバイトと下宿屋の手伝いしかしてこなかったことがマイナスに受け取られ、採用には至らなかった。『うちは即戦力になる人材が欲しいので……』という残念な返事を、その場でもらったのである。

簡単にはいかないとわかっていても、断られると少しだけ落ち込む。
小さなため息をついて、壁掛けの振り子時計を見れば、時刻は十二時半になってい
た。そろそろお昼ご飯にしようと思い、立ち上がって廊下に出る。
紫陽花荘はシンと静まり返り、足元の床板が軋む音がいつもより大きく聞こえる気
がした。
二週間ほど前に『なるべく早く』と退去のお願いをした後、下宿人たちはすぐに動
いてくれて、大学生三人と社会人ひとりが、先週の土日に引っ越しを済ませた。そし
て、昨日は横谷さんが、大阪から迎えに来た娘さんと一緒に、ここを出ていった。
それを頼んだのは私なのに、寂しさが押し寄せている。
しかし、哀愁に浸っていられる状況ではない。
早く就職先を見つけて私も紫陽花荘から離れないと、この土地を所有している限り
借金を完済できないし、固定資産税も払わねばならないのだから。
台所の手前にある階段の前に差しかかったら、二階で微かな物音がした。本かなに
かを落としたような音だ。
足を止めた私は、踏み板の幅の狭い急な階段を見上げる。
二階に貸し部屋は五つあり、ひと部屋はまだ使用中である。

桐島さん、引っ越し先を決めてくれたかな……。

彼だけはまだ紫陽花荘で暮らしており、荷造りもしていないようで、引っ越しの気配がない。いつも通りのタイムスケジュールで飄々（ひょうひょう）と暮らしている彼を見ると、もしかして次の住まいを探していないのではないかと不安になってきた。

桐島さんには随分とお世話になって、兄のように慕う気持ちがある。

このままここで一緒に暮らしていきたい思いは消せないが、それは叶わぬ夢で、出ていってくれないと金銭的に困るのだ。

それで私は台所ではなく、階段に足を進める。

目的はもちろん、引っ越しについて、彼と話をするためである。

階段を上りきると、目の前には廊下が横にまっすぐ延びていて、右側の突き当たりには、四畳ほどの板間の共有スペースがある。そこには小さな手洗い場と冷蔵庫、椅子が二脚のテーブルセットに、将棋盤や日焼けした古い本などが置かれている。

左側の突き当たりは小さな物干し場があり、紫陽花をたくさん植えている裏庭に面している。

その物干し場の手前にある六畳間が、桐島さんに貸している部屋であった。

明かり取りの小さな曇りガラスをはめ込んだ、古い木目のドアの前に立ち、私はブラウスの胸に手を当てて深呼吸する。

引っ越しの催促をするのは、言いやすいことではないし、緊張する。

部屋の中からは小さな物音が断続的に聞こえている。パソコンのキータッチの音のようで、仕事中かもしれないと考えた。

邪魔したら悪いかな。でも、言わなくてはいけないことだから、少しだけ話を……。

遠慮がちに小さくノックしたら、「どうぞ」とすぐに返事があった。

ドアを開けると、爽やかで清涼感のある香りをほのかに感じた。洗濯洗剤の香りだろうか。

他の男性下宿人の部屋は汗や皮脂の匂いがして、失礼ながら息を止めてしまう時もあったのに、桐島さんの部屋はいつでも清潔な香りがする。部屋の中もシンプルですっきりと片付き、散らかっているのを見たことがなかった。

六畳間にあるものは、ちゃぶ台のような丸い座卓と、レトロな和箪笥。それと小さな書棚がひとつに、隅にはシルバーの大きなスーツケースが置かれている。

布団を含めた他のものは押入れに収納されているようで、少し寂しいと感じるほどに綺麗に片付いた部屋であった。

桐島さんは濃紺の紬(つむぎ)の着流しを着て、座卓の前にあぐらを組んでいた。私の予想通り、ノートパソコンに手を置き、仕事中の様子である。

邪魔したことをまず謝れば、灰青色の瞳がニッコリと弧を描き、彼は首を横に振った。

「仕事といっても、メールチェックだけだから構いません。どうしたの？」

「あの、聞きたいことがありまして……」

言いにくい話を始めようとすれば、目が泳いでしまうのが私の悪い癖である。

荷造り用の段ボールもない、いつも通りの彼の部屋に視線を彷徨わせ、「引っ越しのことなんですけど――」と口にしたら、「ちょうどいい」と彼に言葉を遮られた。

「私も有紀ちゃんに、それについて話さなければと思っていたところでした」

どうやらちゃんと考えてくれていたようで、私はホッとして視線を戻す。

けれども、「ありがとうございます。それで、いつになりますか？」と問いかけたら、「違うよ」と言われてしまう。

ドアの前に佇(たたず)み戸惑う私に向けて、彼は「引っ越しはしない」と、真面目な顔ではっきりと拒否を口にした。

そんなこと言われても、経営していけないのに困るよ……。

彼は自分が使っていた一枚しかない座布団を私に勧め、「ここに座って」と促す。

それに従い、桐島さんと向かい合うようにして座布団に正座をしたら、ノートパソコンを閉じた彼が予想外なことを口にする。

「有紀ちゃん、紫陽花荘の建物と土地を、私に売ってください」

「えっ……!?」

驚きに目を丸くした私は、まじまじと彼を見つめる。

微笑んではいるけれど、その瞳は誠実そうで、冗談を言っている雰囲気ではない。

それなら本気で買い取ろうとしているということで、ここの土地価格を見誤っているのだろうか……?

建物はあちこち傷んでいて、壊さなければ売りに出す際にマイナスになると言われたけれど、近くには繁華街があり、電車の駅が徒歩圏内というこの場所は、都内でも坪単価が高い方だ。

『桐島さんには無理ですよ』と直接的に伝えるのはためらわれ、「結構高いので、無茶しない方が……」と言い淀めば、彼がニッと笑った。

それは今まで見たことのない、挑戦的な笑みである。

戸惑う私の前で桐島さんは立ち上がると、和箪笥の前に行き、引き出しからなにかを取り出して、もとの位置に腰を下ろした。

座卓に置かれたのは預金通帳と、未使用の領収書の束のようなもの。

けれども、よく見れば、それは領収書ではなかった。銀行名が書かれた上に、【小切手】と太字で印字されていて、ボールペンを右手に持った彼が真顔で私に言う。

「ここなら、四千万円くらいでしょうか。そちらの言い値でいいですよ。五千万でも一億でも構いません」

そう言われても、私はポカンとするばかりで、驚いていいのかさえわからない。

それは、この土地の価格が四千万円もしないという理由ではない。

紫陽花荘に部屋を借りに来る人は、金銭的に余裕がない人がほとんどなので、桐島さんが、そんな大金を払えるわけがないと思い込んでいたからだ。

やっぱり冗談を言っているのだろうか……と目を瞬かせる私に、桐島さんは預金通帳を開いて、「これが支払えるという証拠です」と見せてくれた。

そこには数字が九つ連なった預金額が印字されていて、私の目玉が飛び出しそうになる。

彼は、この土地くらい、今すぐ小切手一枚で買ってしまえるほどにお金持ちであった。

でも、どうして……。

「桐島さんは何者ですか……？」と恐る恐る尋ねれば、彼がプッと吹き出し、笑いながら答えてくれる。

「私は私です。ベルギー人の母と日本人の父を持つ、三十四歳の普通の男だ。今まで有紀ちゃんが私に対して抱いていたイメージ通りだと思うよ。それに、紫陽花荘を買い取れる資産があるという認識を加えるだけでいい」

彼が両親について口にしたことで、ハッと思い出したことがあった。

それは、世界的に有名な音楽家であるという話だ。

彼の両親がお金持ちなのだと理解した後は、そのお金を息子が勝手に使っていいのかと心配になる。

「あの、ご両親に相談してからの方が……」と口にすれば、桐島さんが微かに眉間に皺を寄せ、不満げな声で反論する。

「これは私が稼いだものです。両親から小遣いをもらっていたのは、学生の頃まで。使い道を相談する必要はない」

勘違いの末の失礼発言を、「ごめんなさい！」と慌てて謝った後は、再び疑問の中に戻される。

彼は一体、どんな仕事をしているのか……。

前に〝ベルギーに本社を置く企業の日本法人〟だと教えてくれたけど、仕事内容については〝ごくごく普通〟とお茶を濁された感じであった。

あの時は、それだけの説明でも、話してくれたことに満足していたが、預金額を見た後ではもっと具体的に知りたくなってしまう。

しかし、それを彼に問いかける前に、「有紀ちゃん」と、真面目で誠実そうな声で呼びかけられた。

「紫陽花荘を私に売ってください。それと、もうひとつお願いがあります」

「な、なんですか？」

「ここに住んでください。つまり、私が大家で有紀ちゃんが下宿人です。家賃はいらないので、代わりに朝夕の私の食事を作ってもらいたい。いい条件だと思うけど、どうだろう？」

驚きのあまり、今にも泣きそうな顔をした私が、兄のような優しい瞳に映っていた。

彼は、大家と下宿人の立場を逆転させることで私から経済的な不安を排除し、紫陽花荘で暮らしていける未来を与えてくれようとしている。

それだと、外で働くことも可能なので、金銭的な余裕ができ、私と弟の未来は一気に明るくなる。

ありがたくて、希望を見つけた思いで喜びが湧き上がった。

けれども、そこまで甘えていいのかという申し訳なさも、同時に感じてしまう。

桐島さんは兄ではなく他人なのだから、そこまで親切にしてもらう理由はない。

やっぱり断った方が……と迷いが生じる。

でも桐島さんが、紫陽花荘と私の手料理を気に入ってくれていることは確かで、その提案は彼にとってもいいことのような気もするし……。なにより、祖母との思い出の詰まった大切な建物を壊さなくて済むという誘惑には勝てそうにない。

これからも紫陽花荘で桐島さんと一緒に暮らしていけるなんて、想像しただけで嬉しくて胸が震えた。

私が心の中で葛藤している数分間、彼は口を挟まずに待ってくれている。

そして、ついに私は震える涙声で、「よろしくお願いします」と甘えてしまった。

しばらくは止まっていた涙が溢れ出し、ぽろぽろとこぼれ落ちる。

深々と下げた私の頭に、温かくて大きな彼の手がのり、優しく撫でてくれた。

「こちらこそ。有紀ちゃん、末長くよろしく」

〝末長く〟と言われたのは二度目で、前回よりもその言葉に強い頼りがいを感じる。

「桐島さん、ありがとうございます……」

頭を上げれば、嬉しそうに頷く彼の顔が涙で滲んだ。

面立ちがまったく異なるのに、なぜかその顔が、在りし日の祖母の笑顔と重なって見える。

ああ、おばあちゃんも、ここを桐島さんに買い取ってもらえることを喜んでいる……。

そう感じて、私の胸には穏やかな安堵と、彼への深い感謝が広がっていた。

隣にいてくれるなら

秋風が、花のない紫陽花の葉を揺らす。

桐島さんと正式に土地と建物の売買契約を交わしたのは、十月半ばのこと。

彼の言葉通り、私は紫陽花荘に置いてもらえて、朝夕の食事の支度をすることで家賃を免除されている。

私の立場は一応、下宿人ということになっているが、桐島さんは下宿屋を営むつもりはないようで、部屋を借りたいという人が訪ねてきても、断るように言われていた。

つまり、私と彼のふたり暮らしが、この先も続くのだ。

家族でも恋人でもないのに、はたから見ればおかしいと思われそうだけど、私は違和感を覚えない。

私が十八歳の時から、ひとつ屋根の下で桐島さんと暮らしているのだから、この生活を自然に感じていた……。

今日は十月下旬の火曜日。

二十時半になろうかという紫陽花荘の居間には、ふたり分の食事が用意されている。

作ったのはもちろん私で、卓上コンロの上に置かれた土鍋には、十二種類の具材を煮込んだおでんが入っている。

他にも副菜の小鉢を三つ並べて、エプロン姿の私は彼の帰宅を待っていた。

そろそろ、帰ってくる時間だよね……。

壁掛け時計を確認し、卓上コンロに火をつけて土鍋を温め直す。

すると、玄関の方で引き戸が開けられた音がして、私は喜び勇んで廊下に走り出た。

廊下を歩いてきた桐島さんに、「お帰りなさい」と笑顔を向けると、「ただいま」と優しい瞳が弧を描く。

彼の帰宅を喜んだ後は、濃紺のスーツの肩や髪が少し濡れているのに気づく。

耳を澄ましても雨音は聞こえないが、どうやら天気が崩れているようだ。

「雨ですか？」と問うと、彼は頷く。

「駅からここまで歩く間に降ってきたんです。着替えてくるよ」と言った彼だが、「その前にお土産」と、私に駅前の菓子屋の小さな紙箱を手渡した。

それから階段を上っていく。

その背にお礼の言葉をかけた私は、この場で箱の口を開けて中を覗いた。

入っていたのは、透明な丸いカップのチョコレートムースのケーキがひとつ。

「あ、水無月堂さんの新作かな……」

水無月堂は老舗の菓子屋で、和菓子も洋菓子も置いている。祖母はそこの豆大福が好きだったので、私は時々買いに訪れていた。ケーキは滅多に買わないけれど、いつも美味しそうだと思ってショーケースを眺めていたから、大体の種類は把握している。

桐島さんが買ってきてくれたものは、栗とホワイトチョコレートをトッピングし、マロンクリームでデコレーションされていた。見たことのないケーキなので、きっと秋の新作なのだろうと予想して、コクリと喉を鳴らす。

今すぐ食べたい……。

でも、私もこれから夕食なので、このケーキは食後の楽しみに取っておこう。

弾む気持ちを抱えて台所に入り、ケーキをお皿に移して冷蔵庫にしまったら、ふと気づく。

雨が降り始めたのは、つい先ほどのことのようだ。私のために水無月堂に寄らなければ、桐島さんは雨に濡れずに済んだんじゃないかな……。

そう考えると、心苦しい。

いつも気遣ってくれる彼に、私がお返しできるのはご飯の支度だけ。

ひとりで食べるより、誰かと一緒の方が美味しいだろうと思い、空腹を感じても先に食べずに彼の帰りを待つようにしている。

でも、食事の用意は家賃無料の対価であるし、一緒に食べることくらいでお返ししている気になってはいけないよね。

彼のために、私が役立てることがあったらいいのに……。

それから、着流しに着替えて下りてきた桐島さんと、座卓に向かい合って鍋をつつく。

味の染みた大根を美味しそうに頬張る彼を、嬉しく思いながら、私もがんもどきを口にする。

土鍋いっぱいに煮込んだおでんは、余ってもおかしくない量なのに、桐島さんの箸は止まらず、やがて空になった。

片手を後ろについて胃のあたりをさすり、「満腹です。美味しかった……」と吐息交じりに感想を述べた彼に、私はクスクスと笑う。

「温かい鍋ものが美味しい季節になりましたね」

「そうだね。でも、真夏にこのおでんが出てきても、美味しく食べたと思う。有紀ちゃんの手料理には真心が込められている。私のことを想って作ってくれたのが伝わってきて、とても幸せな気持ちになれるんです」

ウインク付きの褒め言葉に、私の胸は高鳴り、頬は火照り出す。

おばあちゃんの料理の腕に比べたら、まだまだ未熟なのに、そんなことを言われたら嬉しくて、照れてしまうよ……。

桐島さんはいつも私を喜ばせるのが上手で、対して私は、気の利いた返しができずに目を泳がせてしまう、褒められ下手であった。

熱い顔を見られているのが恥ずかしく、食器を片付け始めることでごまかそうとしたら、「有紀ちゃん、就職活動は順調？」と話題を変えて問いかけられた。

「ええと、実はうまくいってないんです。正社員で採用してくれる会社を探すのは、諦めようかと思って……」

これまで四社の面接を受けたけれど、残念ながら採用してもらえなかった。

履歴書の資格欄が空白なのを見た面接担当者に、『特技やスキルはありませんか？』と問われて、『はい、なにもありません……』と答える自分が恥ずかしかった。

一生懸命に働きますという意気込みだけでは、駄目みたい。

これ以上、働かずにいては貯金が減る一方で不安なため、派遣会社に登録して短期雇用の仕事を得るか、もしくはもとのコンビニでアルバイトを……と考えている。

それを包み隠さず打ち明ければ、桐島さんは「頑張ったんだね」と私の努力だけは認めてくれて、それから「少し待っていてください」と立ち上がった。

そのまま居間を出て、二階の部屋に戻った様子の彼は、私が食器を片付けようとお盆にのせている最中に戻ってきた。

「これをどうぞ」と渡されたのは、Ａ４サイズの一枚の用紙。それには、とある企業の求人情報がプリントされている。

【株式会社モルディジャパン】という企業名に、私は目を瞬かせた。

まさか、ここを受けてみたらと言うのだろうか……。

畳に膝立ちしている私が、隣に立つ長身の桐島さんを見上げれば、穏やかな口調で予想通りの提案をされる。

「この会社にエントリーしてみてはどうかな。有紀ちゃんはモルディチョコレートが好きだよね？」

「はい。チョコレートは大好きですけど……」

モルディは、桐島さんがたまに差し入れてくれる高級チョコレートを、製造販売している会社だ。本社はヨーロッパにあり、世界各国に傘下のグループ会社を持つ大企業である。

高卒で、これといった資格もまともな職歴もない私を、大企業が採用するはずがない。これまで面接を受けた四社は規模が小さく給料もかなり安い方だったけど、それでも落とされてしまったのに。

私の就職活動まで手伝おうとしてくれる親切な桐島さんに、「お気持ちは嬉しいんですけど……」と前置きしてから、眉尻を下げてその勧めを断る。

「こんなに大きな会社は、私を雇ってくれません。きっと履歴書を送っても、面接も受けさせてもらえない気がします」

そう言いながら、自分の情けなさを改めて感じ、口からはため息がこぼれる。

派遣会社に登録して働きながら、余裕があれば通信講座でなにかの資格を取ろうかな。学ぶことは好きで、本当は高校卒業後に進学したかった。

今の私では、モルディの採用試験を受けようという勇気も出せないよ……。

無理だとわかっていながらも、用紙に印字されたモルディの社名を、物惜しげに見つめてしまう。

すると桐島さんが、「受けてごらん。きっと大丈夫だから」と、根拠もないのに採用されるようなことを言い、諭しにかかる。

「で、でも、大学も出てないのに……」

「モルディは人材の募集に学歴を問わない。その人がモルディに入社してなにをしたいのか、なにができるのか、それを重視しています」

高卒でもいいの⁉と驚き、一瞬、その気にさせられたが、私がモルディのためになにができるのかと問われたら、返事に窮する。

チョコレートが好きだという思いだけでは、やはり採用してもらえないだろう。

求人情報の用紙と桐島さんの端正な顔に、視線を二往復させて困っていると、彼が私の強みを教えてくれた。

「有紀ちゃんには、素晴らしい水彩画の才能があるじゃないですか。求人情報をよく読んで。パッケージングやデザインに関する業務で、一名募集しています。面接には、これまで書き溜めたスケッチブックを持っていくといい」

灰青色の瞳が優しく細められ、心配いらないというように、彼は深く頷いた。

すると不思議なことに、弱気だった私の心に勇気と自信が湧いてきて、「受けてみます」と答えていた。

特別上手でもない私の水彩画が、モルディの役に立つのかはわからないけど、少しの可能性にかけてチャレンジしてみよう。

モルディチョコレートのパッケージのデザインを描いている自分の姿を思い浮かべ

ると、夢が膨らむようなワクワクした気持ちになる。

おでんの優しい出汁の香りが、まだ消えずに部屋の中に漂っている。

「桐島さん、ありがとうございます！」と満面の笑みでお礼を言えば、彼も嬉しそうに笑ってくれた。


十一月に入って数日が過ぎ、今日は初出社の日。

桐島さんの勧めでモルディジャパンの求人に申し込みをした私は、拍子抜けするほど簡単に採用が決まった。

面接時にスケッチブックを持参したら、面接官は『へぇ、綺麗な絵だな』と褒めてくれた。そして、『今までモルディの製品にはなかったアイスクリームの発売を検討していてね。君にはパッケージ製作に関わってもらいたい。来週から来れる？』と、その場で採用の二文字を私に与えてくれたのだ。

帰宅して弟に電話で報告したら、すごく喜んでくれて嬉しかった。

桐島さんも笑顔で『よかった』と言ってくれて、就職祝いに素敵な腕時計をプレゼントしてくれた。

それを腕につけて、私は今、オリエンテーションを受けている。

モルディジャパンは、紫陽花荘から電車一本で通勤できる、都内有数のオフィス街にある。二十五階建ての総合ビルの二階から四階までを社屋として占有し、一階のフロアの半分は、チョコレートを販売する直営店が入っている。

ここで働く社員は四百名ほど。その他、日本各地に直営店を持ち、大きな製菓工場は東北にあって、モルディジャパン全体の従業員数は千人ほどになるらしい。

そのような情報と、試用期間や事務的な手続きについてを説明してくれているのは、総務部の笹木(ささき)さんという女性である。

彼女は三十歳前後に見える優しそうな人で、この部屋にいるのは、ミーティングテーブルに向かい合って座る私たちふたりだけである。

メモを取りながら話を聞くこと一時間ほど、時刻は十時になった。

腕時計に視線を落とした笹木さんは、説明に用いたファイルを閉じて席を立つ。

「手続きに関する説明は以上になります。そちらの用紙は試用期間の最終日にご署名いただきますね。では、社内を案内しますので、移動しましょう」

私は〝容器包装デザイン部〟という部署に配属が決まっているのだが、今日は一日、笹木さんについて回り、モルディジャパンの会社全体について学ぶことになっている。

ミーティング室を出た私は、彼女と並んで階段へ向かう。

ここは二階で、総務、人事、広報、マーケティングなど六部署が入っているそうだ。

廊下を歩けば社員たちとすれ違い、そのたびに「よろしくお願いします」と、深々と頭を下げていたら、笹木さんが吹き出して笑った。

「小川さんは真面目な方ですね。そんなにかしこまらないでください。どちらかというとフランクな雰囲気の会社なんです。社長をはじめ、上役の方々も気さくに声をかけてくれますし、怖い人はいませんから。もっと肩の力を抜いて」

「は、はい」

フランクとまで言っていいのかわからないけれど、社内の雰囲気は明るいと感じる。

それはなぜだろう？

初出社の私に向けられる、社員たちの眼差しが柔らかいせいか、それとも各部署内から時々笑い声が漏れ聞こえるせいなのか。

女性社員の装いがお洒落で、色鮮やかであるからなのかもしれない。

私のようにグレーのリクルートスーツを着て働いている女性は、見たところ、ひとりもいないようである。

明日からは、ブラウスにカーディガンを羽織るくらいの服装にしようかな。

このスーツだと、私だけ浮いて見えるもの……。

二階、三階と、各部署と会議室の場所を説明してもらいながら歩き、階段を上って四階のフロアに立つ。

するとこの階だけはやけに静かで、廊下を行き交う社員の姿がなかった。

他の階は白い事務的な印象のシンプルなドアであったけれど、ここは味わいのある木目の素敵なドアが不規則間隔に並んでいる。白い壁にはお洒落な現代アートの絵画も飾られていた。

キョロキョロと辺りを見回す私に、笹木さんが「この階には重役の個室と秘書課、大会議室と応接室があります」と説明してくれた。

それから、「まずは社長に挨拶しに行きましょう」と、こともなげに言う。

目を丸くした私は、心の中で『えっ……』と呟く。

まさか初日から社長に挨拶できるとは思っていなかったのだ。

これほど大きな会社を取り仕切る社長とは、一体どんな人なのだろう……。

急な対面の機会に強い緊張が湧き上がり、慌てて挨拶文を頭の中で作りながら、笹木さんについて廊下を進む。

角をひとつ曲がった先の突き当たりに、【社長室】とプレートのついたドアがあった。笹木さんがノックするのを、私は胸に手を当て、一歩下がった位置から見つめて

「総務の笹木です」と彼女が声をかけると、返事は聞こえないが、電子錠が解錠された音がした。

　自分の鼓動がまるで耳元で聞いているかのように大きく速く感じられる中で、笹木さんの手により、そのドアが開けられた。

　彼女の肩越しに見えた社長室は、深緑色の絨毯に木目の壁の落ち着いた色味の空間で、ミーティングテーブルやソファセットが置かれている。

　広さは十五畳ほどありそうだ。最奥の窓際に、L字形をしたチョコレートブラウンの執務机がどっしりと構えていて、そこに社長が座っている。その顔はパソコンの大きなディスプレイに隠れて、まだ見えない。

「本日、入社しました小川有紀子さんが、挨拶に伺いました」と笹木さんが社長に声をかけ、斜め後ろに立つ私に、中に入るようにと手振りで指示をした。

　緊張のため、「失礼します」という私の声は裏返りそうになる。

　ゴクリと唾を飲み込み、二歩、入室した私が深々と頭を下げると、後ろでドアが閉められた音がして、隣に笹木さんが並んだ。

　どうしよう、ドキドキして手が震える。

でも、失礼のないように、ちゃんと挨拶しなければ……。

両手を握りしめて私が頭を上げるのと、社長が椅子から立ち上がるのが、ほぼ同時であった。

ブラインドを下ろした窓際に立つ社長の顔に、私は驚いて目を見開く。頭の中で急いで作り上げた挨拶の言葉は忘れ、「どうして……」と掠れた声で呟くのみ。

執務机を回って、こちらに向けて足を進める社長は、濃紺のスーツを着た長身の見目好い青年であった。

私はその人をよく知っている。

今朝、私の作った朝食を美味しそうに食べ、先に出勤しようとしていた私を玄関先で『行ってらっしゃい。頑張って』と笑顔で送り出してくれた人である。

「桐島さん……」

彼の名を呼んだ私に、隣から「え？」と驚いたような声がする。

「お知り合いでしたか？」と笹木さんが、社長に向けて問いかけたら、桐島さんは微笑んで頷き、私の前で足を止めた。

「有紀ちゃん」と紫陽花荘にいる時と同じように呼んでくれて、灰青色の瞳が緩やかな弧を描く。

「驚かせてすまない。私がモルディジャパンの代表取締役社長を務めています。今までそれを話さなかったのは……」

紫陽花荘の下宿人は、金銭的に余裕のない人がほとんどであった。

他の下宿人たちと同居していた時は、ひとりだけ浮いた存在になりたくないという思いが彼にはあって、職業を問われたら普通の会社員だと答えていたそうだ。

桐島さんは誰からも好かれていて、二階の共有スペースで大学生の鈴木さんと、よく将棋を楽しんでいたことを思い出す。桐島さんがこんなに大きな会社の社長だと打ち明けていたならば、もしかすると仲間意識は芽生えずに、二階からは楽しげな語らいの声が聞こえなかったのかもしれない。

私に対しても、特別視せずに、他の下宿人たちと同じように接してほしかった。紫陽花荘にふたりきりになってからも、なんとなく言い出しにくくて、こんな形で驚かせることになってしまったという話であった。

苦笑いして釈明する桐島さんは、日本に来る前のことも教えてくれる。

モルディはベルギーの首都ブリュッセルに本社があり、四年前の来日まで、彼はそこで働いていた。彼の叔父がモルディグループの代表なのだそうで、若くしてモルディの日本法人の社長を務めている理由は、叔父から『お前に任せたい』と言われたためであるという。

桐島さんの説明を聞きながら、私は抱えていた疑問が解けて、納得する思いでいた。

小切手で紫陽花荘の土地と建物をポンと買ってしまえる財力があるのは、こういう背景があってのことなんだ……。

やっと驚きから回復した私が、「桐島さんは偉い方だったんですね」としみじみと呟けば、彼はわずかに眉を寄せて、バツの悪そうな顔をする。

「モルディを今の規模に育てたのは叔父であって、私ではない。今は修業中の身なので、偉いという言葉は、私の力でなんらかの結果を出すまで取っておいてください」

そのように謙虚なことを言った後、彼は軽く握った拳を顎に添えて、なにかを考えているような顔をする。そして、「いや、違うな」と前言を撤回した。

「有紀ちゃんには、そう思ってほしくない。今後も変わらない目で私を見てほしい」

どうやら桐島さんは、私がかしこまったり、よそよそしい態度を取るのではないかと懸念しているらしい。しかしそれは無用な心配で、こうして社長として目の前に立つ彼にも、私は親近感を失っていない。

紫陽花荘で一緒にご飯を食べている時と同じ笑顔を彼に向け、私は答えた。

「桐島さんは桐島さんです。私は器用じゃないので、心も態度も急に変えることはできません。あ、でも……社内では社長と呼んだ方がいいですよね。他の方におかしいと思われてしまいそうですし」

私は彼に雇用されている立場にあるのだから、それは当然のことだろう。気をつけようと思うけれど、私のことだから、うっかりすることもあるかもしれない。

肩を竦めて、「呼び方を間違えてしまったらごめんなさい」と先に謝っておけば、桐島さんは目を細めて嬉しそうに頷いた。

どうやら、彼の懸念は晴れた様子で、大きな手を私の頭にのせ、「ありがとう」と言いながら撫でてくれた。

すると、それまで黙って私たちの会話を聞いていた笹木さんが、急にクスクスと笑い出す。

私と桐島さんが目を瞬かせて笹木さんを見れば、「あら、ごめんなさい」と彼女はなおも笑いながら謝った。

「社長が下宿されているとは知りませんでした。料理自慢の下宿屋なのかしら？　大家と下宿人というより、おふたりはご兄妹のようですね。とても微笑ましいです」

どうやら笹木さんは、私が大家で、桐島さんが下宿人だと勘違いしているようだ。

先ほど、社長業を秘密にしていた事情を彼が説明してくれた時、大家と下宿人の立場が逆転する前の話をしていたためだろう。

　その間違いを訂正しようとしたのだが、その前に桐島さんが、「妹か……」と話し始めてしまった。

「私には兄弟がいないから、有紀ちゃんが妹なら最高だ。あまりの可愛いさに溺愛して、家に閉じ込めてしまうかもしれません」

　片目を瞑り、いたずらめかした口調で言った彼に、私は「ええっ⁉」と驚きの声をあげ、顔を熱くした。

　冗談だとしても、溺愛などと言われては、恥ずかしさに目が泳いでしまう。

　その一方で、桐島さんが兄だったらいいのにと、何度も思ったことがあったので、妹と言ってくれたことに、くすぐったいような喜びが湧いていた。

　火照る頬を両手で挟んで照れる私に、桐島さんと笹木さんが同時に笑い出す。

　初出社の緊張はどこへやら。

　私もつられて笑顔になり、社長室には三人分の明るい笑い声が響いていた。


　初出社から八日が過ぎた平日、私は所属部署の容器包装デザイン部にてデスクワークをしている。

三階の、白を基調とした機能的な室内には、机が八つずつ向かい合わせに並べられた島が三つあり、私の席は真ん中の島の窓際だ。

生まれて初めて自分のデスクとノートパソコンを貸与され、見た目だけは一端（いっぱし）のOLみたい。

けれども、慣れないパソコン作業に、この一週間、悪戦苦闘していて、作業時間が他の社員の倍以上かかることを申し訳なく感じていた。

今は、商品の箱の裏に貼り付ける、原材料や保存方法などを記したシールの文面を製作中である。

来夏発売予定のモルディアイスクリームのパッケージングチームに私を入れたいと言われているが、その前にワードやエクセルなど、基本的なパソコン操作ができるようにならなくては、お話にならないのだ。

家にパソコンはなく、これまでスマホとコンビニのレジしか扱ったことのない私なので、恐る恐るといった調子で文字を打ち込んでいる。

あ、間違えた。消さなくちゃ……ああっ、枠線まで消えちゃった！　どうして⁉

パソコンの画面に表示されている時刻は、十四時半になったところだ。

私の指導役は本橋（もとはし）さんという二十九歳の女性社員で、緩やかにウェーブのかかった長い髪をひとつに束ねた美人である。服装もいつもお洒落で、仕事もでき、主任というポジションに就いている。『わからないことがあったら、すぐに言ってね』といつも声をかけてくれて、親切で頼りがいもあり、こんな女性になりたいと私は憧れた。

その本橋さんの机は私の席の隣だが、間違えて枠線まで消してしまったことの解決方法を聞こうと左横を見ても、彼女の姿はなかった。

あ、そうだ。他部署の人と打ち合わせで、三十分ほど前に『行ってくるから、それをやっておいてね』と言われたんだった……。

この部署には親切な人しかいないけど、本橋さん以外の先輩社員に教えてくださいと声をかけるのは、まだ緊張する。

フロアは静かで、皆、自分の仕事に集中しており、邪魔してしまうことに気が引けた。

それで、どうしようと困っていたら、真後ろから濃紺のスーツの腕が、私を囲うようにキーボードとマウスに伸ばされた。

「こうするんだよ」と聞き心地のいい低音ボイスが、耳をくすぐる。

「あ、ありがとうございます。桐……社長」

振り向かずとも、それが誰なのかすぐにわかった。朝晩と必ず会話している彼の声だから。

近すぎる距離に私は胸を弾ませていたが、桐島さんが急に現れたことには、それほど驚いていない。

彼は私を心配して、一日一回は様子を見に、この部署に顔を出す。それによって、私が社長の声がかりで入社したのだという噂はあっという間に広がって、社員全員に注目されてしまった。

ちなみに、一緒に暮らしていることは知られていないと思う。

注目を浴びてしまう社長の知り合いという立場はプレッシャーだけど、私に接してくれる人は皆優しいので、つらいことはない。むしろ早く期待に応えられるように成長したいと、気持ちだけは張り切る毎日であった。

私の失敗をたった数秒で正して、修正方法を教えてくれた桐島さんは、私の横に立って、自然な動作で頭を撫でてくれる。

「他にわからないことはない?」と聞いてくれる桐島さんを見上げ、「今のところはありません。ありがとうございます」とお礼を言えば、彼は微笑んで頷き、私のそばを離れた。そして、「皆さん、よろしくお願いします」と言い残し、優雅な足取りでフロアから出ていく。それを部署内にいる全員が静かに見守っていた。

桐島さんの足音が完全に聞こえなくなってから、ふたりの社員が私の席に寄ってくる。ふたりとも三十代前半の男性で、私を挟むように両サイドに立ち、からかうような調子で話しかけてきた。

「小川さんをよろしくお願いします、だって。社長は過保護だな」

「え？　あの、社長は、〝私を〟とは言っていなかったと思うんですけど……」

右側の男性社員を見て控えめに反論すれば、左側のもうひとりの男性社員に笑いながら切り返される。

「言ってなくても、俺にもそう聞こえたよ。社長は間違いなく、小川さんを心配してここに来る。可愛くて仕方ないって感じだな」

桐島さんがこの部署に顔を出すのは、私のことが心配であるから。

それは私も感じていることで異論はないけれど、そんなふうに面白がられては返事に困るし、恥ずかしくなる。

「もしかして、恋人なの？」とも聞かれ、さらに顔を熱くする私が全力で首を横に振っていたら、打ち合わせから戻ってきた本橋さんが助けてくれた。

「先輩方、小川さんを困らせていないで真面目に仕事してください。小川さんを通して社長に言いつけますよ」

本橋さんはにこやかに微笑んでいて、本気で注意している雰囲気ではないが、ふたりの男性社員は焦りを顔に浮かべ、私からすぐに離れた。

「それは勘弁して」

「社長は普段は温和だけど、怒らせると怖いからな。要求も多いし、チェックも細かい。営業部の同期が、この前、厳しいこと言われたって嘆いてたよ」

そう言って、それぞれの席へと戻っていく男性社員の背を見ながら、私は目を瞬かせていた。

桐島さんが、怖い……？

大きな会社のトップであるなら、厳しさも必要だと思うが、私は彼の優しい顔しか見たことがないので、怒る姿を想像できなかった。

私の知らない桐島さんの顔があるのだと思えば、それを見たくなる。

大失敗をして迷惑をかけ、怒らせたいわけではないけれど……。

それからは、本橋さんに教えてもらいながらの静かなデスクワークが続き、時刻は十八時の定時になる。

途中のパソコン作業が、あと少しで終わりそうなのでやってしまいたいけれど、試用期間の三カ月の間、私に残業は許されていない。今は仕事をするというより、学びの期間なので、残業代をいただく権利はないのだ。

それでノートパソコンの電源を落とし、机上を整理して帰り支度を始めたら、本橋さんに「ねぇ」と声をかけられた。

「はい」と答えて左隣を見れば、なぜか真顔でじっと見つめられて、私は戸惑う。すぐにいつもの親切そうな笑みを取り戻した本橋さんが、「急いでる？」と私に聞いた。

今日は二十時頃の帰宅予定だというメールが、少し前に桐島さんから届いていた。私が会社勤めをするようになって以降、彼は必ず帰宅時間を知らせてくれるようになった。それは、私が夕食の支度に焦らないように、という配慮だろう。

「いえ、時間はあります。なにかお手伝いできることがありますか？」と答えて、本橋さんに笑顔を向けた。

残業代なんていらない。未熟な私が役立てるなら嬉しいという気持ちでいるのだが、仕事を与えられるわけではなかった。

「そこの休憩所で、コーヒーを一杯、付き合って」と本橋さんに誘われたのだ。

私の力を必要とされてはいなかったけど、その誘いも嬉しい。

仕事終わりのコーヒータイムと、先輩社員とのお喋り。それは下宿屋の仕事でも、コンビニのアルバイトでも経験しなかったことで、憧れのOL生活のひとコマが実現するような心持ちでいた。

私たちは容器包装デザイン部を出て、廊下を右へ進む。

営業部とエレベーターホールを通過して開発部の前を通った先に、給湯室がある。その横が休憩用のオープンスペースで、自動販売機が二台と、椅子を四脚備えた木目の丸テーブルが三つ置かれていた。

今、テーブルを使用中の人はなく、私の分までカップのホットコーヒーを買ってくれた本橋さんと、向かい合って座った。

コーヒーをひと口飲んだ本橋さんは、眉を寄せてカップをテーブルに置く。

もしかして、砂糖のボタンを押し忘れ、苦かったのだろうかと思って見ていたら、しかめた顔を戻さないまま、彼女が口を開いた。

「午後の打ち合わせの後、笹木さんと廊下で鉢合わせたの。小川さんの話題になってね。あなたのご家族が営む下宿屋に、桐島社長が住んでいると教えてもらったんだけど、本当なの？」

「えっ……」

笹木さんは、私の入社初日のオリエンテーションを担当してくれた、総務部の女性社員だ。

社長室で桐島さんと三人で会話した時、笹木さんは、彼と私が大家と下宿人の関係にあることを知った。ただしそれは逆であり、今、本橋さんが言ったように勘違いしていて、それを訂正する機会のないままである。

桐島さんとひとつ屋根の下で暮らしていることを、社内で秘密にしているわけではない。けれども、これまで質問してくる人はいなかったので、笹木さん以外の他の社員には打ち明けていなかった。

本橋さんの表情と口調には、批判的な感じがあり、私はうろたえた。

「あの、違うんです。下宿屋の大家は、今は社長で、私が部屋をお借りしている立場で……」とたどたどしく訂正する。

そして、桐島さんが四年前に部屋を借りに来てから、祖母が亡くなり、立場が逆転するに至るまでの経緯をざっと説明して、本橋さんの顔色を窺いながら「すみません」と謝った。

隠し事をしたと思われて、それが彼女の気に障ったのではないかと考えたのだ。

すると不愉快そうに眉を寄せて聞いていた彼女は、「ただの知り合い以上の関係なのね……」と独り言のように呟いた後、急に笑顔になる。

「少し驚いただけよ。問い詰めるようなことを言って、ごめんなさいね」と言ってくれたので、怒っていたわけではないようだ。

それについては安堵するところだが、本橋さんの笑顔は、どこか不自然である。

それを気にしつつ、「あの、私と社長は、ただの下宿人と大家の関係で、恋人ではありませんよ……？」と恐る恐る確認しておいた。

先ほど彼女が、『ただの知り合い以上の関係』と呟いていたから、誤解しているのではないかと危ぶんだためである。

「わかったわ。妹のように可愛がられているという感じかしら」と、彼女は笑顔のままに頷いた。

妹のようだと表現したのは、笹木さんに次いでふたり目だ。

それは私も感じていることなので、「そうです」と答えれば、本橋さんが飲みかけのコーヒーを手に立ち上がった。

「私はもう少し仕事が残っているの。コーヒーブレイクは、もう終わりらしい。お疲れ様。また明日ね」

「はい、お疲れ様でした……」

本橋さんは親切にコーヒーをご馳走してくれて、今までと同じ笑顔で『また明日ね』と言ってくれた。

それなのに、廊下に響く彼女のパンプスの音に、焦りと不満が込められているように感じるのは、気のせいだろうか……？

手の中で、コーヒーの水面が揺れている。

私、嫌われるような言動を取っていないよね……？

自問しても答えは見つからず、不安の雲が広がるような心持ちでいた。


年が明けて二カ月ほどが経ち、今日は二月十四日。バレンタインデーである。

朝食と片付け、出勤の支度も終えて、七時半の居間で私はひとり、仏壇に向かって正座をしている。

花を欠かしたことのない仏壇は、昨日、駅前の生花店で購入した黄色いチューリップの花が、春を待ち望むように咲いていた。

「おばあちゃん、仕事に行ってくるよ。今日も一日、武ちゃんと私のことを見守っていてね」

こうして、手を合わせて遺影の祖母に語りかけるのは、毎朝の日課である。

それを済ませて立ち上がり、通勤用のショルダーバッグを手に廊下に出たら、浴衣に羽織姿の桐島さんが歯ブラシを片手に洗面所から顔を覗かせた。寒そうに体を震わせた彼は、「もう出かけるの？　随分と早いですね」と驚いている様子である。

「私、他の人よりまだまだ仕事が遅いので、早めに出勤したいんです。それと、もう少しで完成するので、ワクワクして、じっとしていられなくて」

試用期間の三カ月は少し前に終わり、私にも他の社員と同じように重要度の高い仕事が回されるようになった。基本的な仕事は覚えたし、パソコンで商品のパッケージをデザインすることもできる。

今は、この夏に新発売となるモルディジャパン初のアイスクリーム製品のパッケージングチームに入り、デザインの一部を担当させてもらっていた。

商品のパッケージは、外部のイラストデザイン会社に発注することも多いけれど、アイスクリームに関しては作画から全てを自社で作り上げるらしい。

そして、私には作画の一部が任され、その作業がもうすぐ完成するところである。

自分の描いたものが商品となって売られるなんて、胸が高鳴り、早く完成品を目にしたくて気が逸る。

張り切る私をクスリと笑った桐島さんは、「出来上がりを楽しみに待っていますよ。頑張って」と激励してくれた。

「はい」と言ったのは、それに対する返事ではない。私は両手にのるくらいの小さな紙袋を、笑顔で彼に差し出した。

「これは？」と受け取りつつ、不思議そうにする彼に、私は普通の調子で説明する。

「バレンタインデーのチョコレートです。モルディのものとは比べものにならないですけど、結構美味しくできたと思います。包装紙も私が作りました」

今回のアイスクリームプロジェクトで私が描いた紫陽花は、モルディの雰囲気に合わせた現代的で西洋風な雰囲気があり、高級感も感じられるものである。

でも桐島さん用に個人的に作ったこの包装紙は、素朴な紫陽花を古典的な和柄と組み合わせたもので、私はこっちのデザインの方が好きだ。

桐島さんの好みにも、きっと合うと思って……。

紙袋の中からラッピングされたチョコレートを取り出した彼は、目を三日月形に細めて、ほんのりと頬を染めている。

「有紀ちゃん、ありがとう。君には毎年もらっていたけれど、今年のものは格別に嬉しいです。世界にひとつ。私のために作られた特別なチョコレートだ」

彼につられて、私の顔も熱くなる。急に照れくさくなり、もじもじしながら、「喜んでもらえてよかったです」と小声で答えた。

私は毎年、下宿人全員にバレンタインチョコを贈っていた。手作りのチョコレートケーキを切り分けてお皿にのせ、各部屋に持っていって配ったり、大量のチョコチップクッキーを密閉保存容器に入れて居間の座卓に置き、【ご自由にどうぞ】とメモ紙を貼っておいたりした。

今年は桐島さんの他にあげる人はいないので、ラッピングにも凝ってみた。

確かに〝世界にひとつ〟で、桐島さんのためだけの〝特別な〟バレンタインチョコだけど、日頃のお礼の気持ちを込めたのであって、彼に恋心を伝えたいわけではないのに……。

そう考えて、私はますます顔を火照らせる。頭に浮かんできた〝恋心〟という言葉に鼓動が弾み、慌てて心の中で言い訳を始める。

私がもし桐島さんに恋をしたら、優しい彼のことだから、どうやって私の熱を冷まそうかと困ることだろう。

彼が素敵な男性であることは充分にわかっていても、私は恋愛感情を抱いてはいけない。桐島さんに煩わしい思いをさせたくないし、今の居心地のいい関係を崩したくないからだ。

それに桐島さんだって、このチョコレートに〝感謝〟以外の意味はないと理解していると思うので、私が照れる必要はない。

『落ち着いて』と自分に言い聞かせたが、「有紀ちゃん……」と呼ぶ、いつもより少し低めの響きのよい声に心臓がまた跳ね、私は慌てた。

「い、行ってきます！」と桐島さんを置いて小走りで玄関まで行き、コート掛けからベージュのコートを取って小脇に抱えると、急いで紫陽花荘を飛び出した。

逃げちゃった……。おかしいと思われたかな……。

空は冬曇りで、なんとなく薄暗い。コートを着て空を見上げた私は、春はまだ遠いと感じつつ、寒気の中を電車の駅へと急いだ。


仕事に楽しさとやりがいを感じて没頭していると、あっという間に半日が過ぎて終業時間になる。

容器包装デザイン部では、アイスクリームのパッケージングチーム以外のほとんどの社員たちが帰り支度をしていて、「お先に」「お疲れ様」という声があちこちから聞こえる。

私は自分の席ではなく、大型の特殊なプリンターなどが並んでいる部屋の端で、共有の机に向かって座っていた。デスクトップのパソコンにインストールされている作画ソフトを用いて、紫陽花のイラストに注意深く彩色を施している。

新商品のアイスクリームのパッケージで私が担当しているのは、紫陽花のイラストのみ。それを、他の社員が作っている背景画と組み合わせて調整し、さらに別の人がレタリングした文字を挿入してアイスクリームのカップに印刷すれば完成となる。

私の作業はあと少し。今日中に完成させられそうだと胸を高鳴らせる私は、少し残業して帰ろうと、チームリーダーの席へ向かった。

アイスクリームのパッケージングチームは十名いて、リーダーは田ノ上さんという、四十五歳の課長職に就いている男性である。

斜め後ろから声をかけると、田ノ上さんは少々肉付きのよい顔を私に向けて、「どうした？」と普通の調子で問う。

「すみませんが、二時間、残業させてください」

「なにか問題発生？　小川さんの作業期限は明日の午後のチームミーティングまでだけど、間に合わない？」

「あ、いえ、作業は順調です。でもあと少しなので、今日中に終わらせたくて……駄目でしょうか？」

残業するには、上司の許可が必要である。

残業代が発生してしまうから、間に合うなら明日やりなさいと言われることも覚悟していたのに、田ノ上さんは「今日だけいいよ」と笑って許してくれた。

「仕事が楽しくて仕方ないって顔だな。のっている時にやってしまいたい気持ちはわかる。入社時はおどおどして大丈夫かと心配したが、この仕事が合っているようだ。小川さんは真面目で丁寧にやってくれるから助かるよ」

「あ、ありがとうございます！」

子供の頃は学校の先生や近所のおじさんおばさんがよく褒めてくれたが、大人になってから他人に評価してもらえることは少ない。

紫陽花荘での掃除や料理に関して、桐島さんはいつも褒めてくれるけど、彼は私にとって兄のような存在なので、他人に含めたくない。

それで、田ノ上さんの言葉にすっかり嬉しくなった私は、さらにやる気をみなぎらせて仕事に戻った。

それから四十五分ほどが経ち、田ノ上さんを含めたアイスクリームのパッケージングチームのメンバーも、ほとんどが帰っていった。

その時、「小川さん」と背後から呼びかけられる。

作業の手を止めて振り向けば、それは本橋さんで、有名ブランドのお洒落なショルダーバッグを肩にかけ、コートを腕に抱えている。

「本橋さんも残業されていたのですね」と目を瞬かせれば、彼女は「ええ、会議用の資料を作っていたの」と微笑んだ。

本橋さんはアイスクリームのパッケージングチームに入っていない。

彼女としてはやりたかったようだけど、クリスマスとバレンタインの新作パッケージを多く担当していたため、『本橋さんは働きすぎだな。今回は休んでいい。小川さんが入って人員は足りているよ』と上司に言われたらしい。

私の三カ月間の新人指導は、本橋さんがしてくれた。恩ある彼女の業務量を、私が入ったことで減らせたのなら、それは私にとっても喜ばしいことである。

まだ入社して一週間ほどの頃、休憩所でコーヒーを飲みながら、本橋さんを不機嫌にさせてしまったかと不安に駆られた時があった。しかし、あれは気のせいであったみたい。本橋さんはそれ以降も親切で、私に優しく接してくれる。

今も帰る前に、わざわざ遠回りして私に声をかけてくれるのが嬉しかった。

「小川さんはまだ帰れないの？」

「もう少しで完成するんです。終わったらすぐに帰ります」

「そう。頑張ってね。お先に失礼するわ」

ニコリと微笑んでから彼女は私に背を向けてドアへと向かい、「お疲れ様でした」と挨拶をした私は作業の続きに戻る。

するとと今度は、机上でスマホが震える。見ると桐島さんからのメールで、二十一時頃の帰宅になるという知らせに、残業しても夕食の準備ができそうだとホッとした。

とはいえ、いつもより時間はなさそうなので、手の込んだものは作れない。

申し訳ないけれど、今日は親子丼と味噌汁と漬物でいいだろうかと、その旨を返信したら、【親子丼は好物です】というありがたい言葉をもらった。

「よかった。桐島さんは本当に優しい人だよね……」

独り言を呟いたら、後ろでカタンとなにかを倒したような小さな物音がした。

振り向くも、机や椅子が静かに並んでいるだけで誰もいない。

いつの間にか、この部署で残業しているのは、私だけになっていた。

首を傾げた私は、それっきり物音の発生源を気にすることなく前を向く。

紫陽花荘はあちこちが傷んでいるので、皆が寝静まった夜中にギシギシと板の軋む音がしたり、車が近くを通れば揺れることもある。それに慣れているため、正体不明の物音を怖いと思うことがなかった。

さあ、続きを……と思ったが、その前にお手洗いに行きたくなって席を立つ。

お手洗いはこのフロアの奥、給湯室の向かいにある。

そこまで行って戻ってくるのに、五分ほどかかっただろうか。

一台だけディスプレイ画面が明るい共有デスクに腰を下ろしたら……私は「えっ⁉」と驚きの声をあげた。

もうすぐ完成しそうだった、紫陽花のイラストが消えている。

慌ててファイルを確認したが、保存しておいたデータごと、そっくり消去されているのだ。

なにが起きたのかわからず、ただ心臓を忙しなく動かしている私であったが、今日の午前中までのデータは、クラウドにバックアップしておいたことをハッと思い出した。

しかし確認すると、バックアップまでもがなぜか消えていて、焦りの中で今度はパソコン本体に目を向ける。

念には念を入れて、USBメモリにも作画データを保存していたのだが……どこへ行ってしまったのか、差し込んでいたはずのそれさえも、忽然と消えてしまっていた。

どうして……。

お手洗いに行っている間に、一体なにが起きたのだろう。

こうなった原因が、まったく思い当たらなかった。

呆然とするばかりで頭が真っ白になりそうだけど、ただひとつ理解したことは、なにもかも最初からやり直さねばならないという事実である。

慌てる私はデジタル作画用のペンを握り、紫陽花の輪郭を描き始める。けれども、焦りのせいで手が震え、うまく線を引くことができない。

習得したはずのデジタル機器を使った作画の技術は、所詮はにわか仕込みであったのか、パニックになっている今の状態では子供の絵のように拙くて、とてもじゃないが商品には使えないだろう。

描き直さなくちゃ……。

アイスクリームのパッケージングチームのメンバーの顔が頭に浮かんでいた。

田ノ上さんがせっかく褒めてくれたというのに、このままでは期日までに提出できない。そうすれば作業が遅れて、チームの全員に迷惑をかけてしまう。

そうならないように、明日の十四時からのミーティングまでに、私がなんとかしなければ。時間がないけれど……。

震える手で引いた汚い線を一度消して、指が白くなるほどにペンを強く握り、急いで慎重に描き直す。

そして、焦りの中で描き続けること、どれくらいの時間が過ぎたのか……。

この部屋の私の上だけは照明が煌々と灯されているが、ほとんどの社員が帰ったため、廊下の電気は照度を下げて薄暗くなっていた。

やっと線画の半分ほどを描いたところで、廊下に誰かの足音が聞こえて、ふと手を止めた。

私の場合、デジタル作画にはかなりの集中力が必要である。足音に気づいたということは、集中が切れかけていたのだろう。

私が振り向くのと同時に、誰かがドアから飛び込んできた。「有紀ちゃん！」と緊迫した声で呼びかけたのは桐島さんで、私の横まで駆けてくる。

彼の髪とコートの肩は少々濡れている。どうやら外は、雨が降っているらしい。

桐島さんにいつもの笑顔はなく、私の肩を片手で掴むようにして、低めの声で話し出す。

「メールにも電話にも応答がないから、社に戻ったんだ。今、二十一時二十分だよ。気づいてる？」

「あっ……」

データが消えてしまったのは、二十時の少し前だったように思う。

もうそんなに時間が経ったのかと、私は驚いていた。

スマホが鳴っていることにも気づかないほどに、心は焦りに支配されていたらしい。

ハッとした私は、一度帰宅した彼を会社に戻らせてしまったことに対して、「ごめんなさい！」と謝った。そして、「夕食も作らないで――」と謝罪の言葉を重ねようとしたが、彼が首を横に振ってそれを遮った。

「そんなことはいい。一体なにがあったのか、教えてください」

私が無料で下宿させてもらえる条件は、食事の支度をすることなのに、彼は責めずに心配してくれる。その優しさと真剣な眼差しに、私の心が大きく波打った。

肩にのせられている大きな手に頼りがいを感じて、つい甘えたくなる。

桐島さんならきっと、助けてくれる……。

安堵の気持ちが広がったことで、私の涙腺が決壊し、溢れるように涙が流れた。

子供のようにしゃくり上げながら、突然データが消えてしまい、クラウドに保存しておいたバックアップも、USBメモリもなくなっていたという事情を彼に説明した。

「桐島さん、どうしたらいいですか？　描き直しても、急いでいるからか変になっちゃって。でも、もう時間がないんです。明日の十四時までに仕上げないと、チームの皆さんに迷惑をかけてしまう……」

すると、「大丈夫」と頼もしい声をかけられた。

桐島さんはスーツのポケットから和柄のハンカチを出して、それで私の涙を拭いてくれた。

クリアになった視界で見える彼は、ニッと口角をつり上げて、どことなく楽しそうな顔つきをしている。

それをなぜかと不思議に思っていたら、「有紀ちゃんのノートパソコンをここに持ってきてください」と言われた。

「は、はい」

ノートパソコンには作画データを保存していないのにと首を捻りつつも、指示された通りに自分の机からそれを持ってきて彼に渡した。

桐島さんは椅子に座ると、二台のパソコン画面に、私には理解できないアルファベットと数字ばかりの文字列を表示させ、キーボードに指を走らせている。

「有紀ちゃんは座って待っていて」と言われたので、近くの椅子を、邪魔にならない距離を取って彼の隣に置き、そこに腰掛ける。

「あの、なにをされているんですか？」と問いかけたら、「消えたデータを復活させています」と言われて驚いた。

「そんなすごいことが、できるんですか⁉」

「きっとできます。ベルギー社にいた頃、二年間、システム管理部に所属していたんだ。だから……おっと。有紀ちゃん、すまないが集中したい」

「ご、ごめんなさい！」

灰青色の瞳に、アルファベットの文字列が流れるように映り込んでいる。

挑戦的な目をして二台のパソコン画面を見つめる彼に、胸がときめいていた。

彼は彫りが深く、精悍(せいかん)で整った顔立ちをしているが、どことなく日本人らしさも感じられる。きっと両親のどちらにも似ているのだろう。

ベルギーと日本の、いいとこ取りで生まれてきたのね……。

桐島さんに迷惑をかけている状況なのに、私はつい見惚(みと)れてしまった。

私の中から不安や焦りが消えているのは、彼が頼もしく、データを復活させると言ってくれたことと、楽しそうにその作業をしているせいであろう。

少年のように生き生きとした目をする桐島さんをこれまでに見たことはなく、彼の新しい一面を発見した気分で、嬉しく思っていた。

胸がこんなにも高鳴るのは、どうしてかな……。

その作業は、ほんの十分ほどで終了した。

「できました」と言われて私は立ち上がり、デスクトップのパソコン画面を覗き込む。

するとそこには、二十時少し前に、私が席を離れた時点の紫陽花のイラストが、見事に復活していた。

深い安堵の息をついて、隣に座る彼に「ありがとうございます」と心からのお礼を伝える。

それに対してニコリと微笑んで頷いてくれた彼だけど、その直後に眉間に皺を刻み、不機嫌そうな声色で言った。

「さて、次は犯人捜しをしなければ」

私がキョトンとしているのは、なんの犯人を捜すのだろうと思っているからである。

それを尋ねれば、彼がおもむろに立ち上がり、私と視線を合わせて苦笑する。

「もしかして、自分の不注意でデータが消えたと思っていたの？　ＵＳＢメモリまでもがなくなっていたというのに」

「あ……」

桐島さんの言った〝犯人〟がなにを指すのかを、やっと理解していた。

けれども、自分のミスでデータを消してしまったと思っていたわけではなく、なにが起きたのかわからなかったというのが正解である。誰かの仕業だと考えることもできないほどパニックに陥り、ただ初めからやり直さなくてはと必死で、他のことに気を回している余裕がなかったのだ。

「誰が……」

私以外のこの部署の社員で、最後に帰っていったのは本橋さんであった。

ひとりきりだと思っていたこの部屋の中に誰かが潜んでいて、私がお手洗いに席を外した隙に、データを消去したのだろうか？　それとも、他部署の人が？

自分の体を抱きしめたのは、怖くなったためだ。親切で優しいと思っていた先輩社員や上司の中に、その笑顔とは真逆の感情を抱えた人がいたのかもしれないと考えて。

けれども、その恐怖よりも自分を責める感情の方が強く、胸が締めつけられるような痛みを覚えていた。

「皆さんは厳しい入社試験をパスしてモルディジャパンに入ったのに、私は桐島さんの声がかりで簡単に正社員になれたから、疎まれていたんでしょうか……」

情けない顔を向ければ、温かくて大きな彼の手に頬を包まれた。

私の鼓動が跳ねて、触れられている場所がたちまち熱を帯びる。

真顔の桐島さんは、驚いている私の目の奥を覗き込むようにしながら、諭すように言う。

「私は面接担当者にこう言ったんです。『アイスクリームのパッケージングチームに新しい風を吹き込みたい。柔軟な感性と、素直で優しい目で物事を捉えることのできる人材が欲しい』それだけです。採用試験前に、有紀ちゃんの名前を出したことはない」

「え……？」

目を瞬かせた私は、拳三つ分ほどの距離にある彼の瞳を見つめて考える。てっきり桐島さんが口添えをしてくれたから合格したのだと思っていたのに、違うようだ。

「私は自分の力で、採用試験に受かったんですか？」と問えば、彼は深く頷いた。

「モルディジャパンは、君の力が必要だと判断したから採用したんですよ。胸を張っていい」

「は、はい！」

採用に関しては、ズルをした気分で後ろめたい思いもあったため、桐島さんの言葉に自信と勇気が湧いてくる思いでいた。

涙も乾き、笑顔が戻った私を見て、彼は私の頬から手を離す。そして、「さあ、仕事を終わらせてしまおう」と、私をパソコン前の椅子に座らせた。

桐島さんは、さっきまで私が使っていた隣の椅子に腰を下ろし、長い足を組む。

「急がなくていい。有紀ちゃんの仕事が終わるまでのんびりと待っています」

灰青色の瞳に見守られて、私は安心して色付け作業を始める。

急がなくていいと言われても、気が逸る。

それは、私に与えられた初めての大きな仕事を早く完成させたいという思いの他に、もうひとつ。紫陽花荘に帰って親子丼を作り、桐島さんのお腹を早く満たしたい……という思いがあるためであった。

犯人についての不安や恐れはあっても、不思議と今は心が前に向いている。

桐島さんがそばにいてくれるなら、私はいつもより少し、強くなれる気がしていた。

聖域に踏み込んで

データを消去されて、桐島さんに助けてもらった日から一カ月半ほどが経った。

四月上旬の東京は強い風が吹いている。

通勤途中に見た桜の木は、九割方の花びらを散らしてしまっていた。

六月下旬に発売予定のアイスクリームパッケージは無事に完成し、今、私はハロウィン向け新商品の包装デザインを手掛けている。

外部のイラスト会社に発注して送られてきたカボチャやオバケの画像はとても愛らしく、それでいてモルディらしい上品さが感じられた。

それらを組み合わせ、文字を入れたり背景を決めたりして色調を調整するのが、今の私に与えられている仕事であった。

昼休み前のうららかな日の差し込む自分の席でノートパソコンに向かい、真剣に作業していると、斜め後ろから声をかけられた。

「有紀ちゃん、調子はどうですか？」

聞き心地のよいその声は、桐島さんのもの。

忙しい社長業の合間を縫って、今日も私の様子を見に来てくれた彼に振り向けば、私の顔が自然と綻ぶ。

瞳を細めて「困り事はない？」と優しく聞いてくれる彼に、胸が高鳴った。

「はい、ありません。先ほど、発注していたイラストが納品されたので、早速デザインしているところです」

頷いた彼は少し腰を落として机の縁に片手をつくと、私のパソコン画面を覗き込む。そうすると、わずか拳ふたつ分ほどの近距離で、彼の横顔を見ることになった。

こんなに接近されたら、速い鼓動に気づかれてしまいそうで、困る……。

最近の私はどうもおかしい。

桐島さんがこうして私に会いに来てくれると、心に花が咲いたように嬉しくなり、会話をすれば胸が高鳴る。

「順調そうですね。短期間でよくここまで成長してくれました。有紀ちゃんは何事にも一生懸命で素敵だ」

そう言って褒めてくれた桐島さんは、姿勢を戻してから私の頭を撫でた。

彼に頭を撫でられることは日常的であったはずなのに、今は勝手に顔が熱くなり、喜びと気恥ずかしさで心の中は大忙しだ。

これは、もしかして……。

私は桐島さんに恋をしているのだろうかと、最近、幾度となく考える。

けれども、まだはっきり恋と言えるほど惹かれてはいないと、今も自分の心に言い聞かせていた。

三十四歳の彼からしたら、ひと回り年下の私は随分と子供に見えることだろう。

恋愛対象にしてくれるはずがないと思い、これ以上、気持ちが流されないように踏ん張っていた。

私が恋心を抱いて、もしそれを知られてしまったら、きっと桐島さんを困らせる……それが嫌だという気持ちもあった。

そんな私の気持ちに気づかない様子の彼は、パソコン画面を見ながら「この他にも二点、パッケージングを担当しているのですか。多すぎるな……無理してない？」と心配してくれる。

ハッとした私は心の中に咲いた花から気持ちを離すと、慌てて「無理してないです！」と語気を強めて返事をした。

「他の皆さんの方が仕事量が多いです。私はこれくらいしか引き受けられなくて、申し訳ないと……。あ、楽しいんですよ。もっとやりたいと思うほどに。本当です！」

両手を握りしめて主張したら、また頭に桐島さんの手がのせられ、ポンポンと優しく叩かれた。

「わかったよ。ふた月ほどすれば新入社員が戦力となってくれるだろうし、忙しいのももう少しの辛抱です。人手不足にしてすまないが、無理のない程度に頑張ってもらいたい。困り事はすぐに私に言ってください」

「はい」と返事をしたら桐島さんはニコリと微笑み、それから私に背を向けてドアへと進み、足早に廊下へと出ていった。

私は視線を隣の席に向けて、誰にも気づかれない程度の小さなため息をつく。

そこは本橋さんの席だった場所で、今は新入社員の女性が使っている。

この四月に、容器包装デザイン部には二名の新卒採用者が入ってきた。

今は全体オリエンテーションを受けねばならない期間のため、今朝挨拶をして以降、そのふたりは戻ってきていない。

人手不足にして申し訳ないと桐島さんは言ったけど、それはこちらの台詞(せりふ)である。

私と同じ部署にはしておけないと、本橋さんが異動させられてしまったから……。

二月の、データを消されたあの件の犯人は、本橋さんであった。

調査したのは桐島さん自らで、私はあの時の状況を詳しく説明しただけで、どうやって犯人を突き止めたのかはわからない。

翌週の月曜日に、まだ知らされていなかった犯人に怯えながらも仕事をしていたら、容器包装デザイン部の部長に、『一緒に来てくれ』と声をかけられた。

部長に連れていかれたのは四階の社長室で、そこには先に本橋さんがいた。

険しい顔の桐島さんに促された彼女は、あの時、帰ったふりをして部署内に潜み、私が席を外した隙にデータを消去したのだと白状した。そして、『大変申し訳ございませんでした』と深々と頭を下げたのだ。

そのようなことをした理由は、焦りと妬み(ねた)にあったらしい。

最初は、私が社長に可愛がられていることを気にしてはいたが、自分の仕事に影響するほどの人物ではないと、判断していたそうだ。しかし、モルディジャパンの新たな試みであるアイスクリームのパッケージングという大きな仕事が私に与えられ、彼女はそのチームに入ることができなかった。それは、本橋さんが他にもたくさんの仕事を抱えていたからという上司の配慮であったのだが、彼女としては私に仕事を取られた気分になったみたい。

データを消すまでの行為に及んだ背景には、恨みをぶつけずにはいられなかったという思いと、あっという間に追い越されるのでは……という危機感があったのだという。私に失敗させることで、重要な仕事は任せられないと、周囲に思わせたかったという話であった。

　それを聞いた時には『ひどい！』と怒りたくなったけれど、なにもわからなかった私を丁寧に指導してくれたことについては心から感謝しているし、そこまでさせるほどに焦らせてしまったのだから、私にも落ち度はあると反省した。

　私が頑張ることで忙しい本橋さんの仕事量を減らせると喜んでいたなんて、愚かだった。本橋さんは、そんなこと、少しも望んでいなかったのに……。

　小さなため息をついてから、視線をパソコン画面に戻して、仕事に集中しようとする。けれども本橋さんは今頃どんな気持ちで働いているのかと気になり、すぐに手を止めてしまった。

　彼女は今、東北にあるモルディの製菓工場で製品管理の業務に就いている。

　本橋さんを異動させないでほしいと、桐島さんに必死にお願いしたのだけれど、『加害した方を別の勤務地へというのが社内規則です。社長としてそこは曲げられない』と言われてしまったのだ。

　あの時、社長室で見た桐島さんは、企業の代表としての厳しい顔つきをしており、末端社員の私は、それ以上の意見を述べることができなかった。

救いは、『三年後に、ここへ戻すか検討します』と付け足された彼の言葉で、私にできることといえば、その日が来るのを待つことと、本橋さんが抜けた大きな穴を少しでも埋められるように仕事に邁進することくらい。

そうだ……先輩社員を追い出すような結果になって申し訳ないと、へこんでいる暇はない。今は私に与えられた仕事を精一杯にやらなくては、この部署の皆さんに、さらなる迷惑をかけてしまう。

気合を入れ直してマウスを握り、そこからはパソコン画面に集中する。

真剣な目をする私が怖かったのか、脅かす側のオバケのイラストが、逃げ出そうとしているように見えた。

昼休みが過ぎて午後はミーティングがあり、それが終わるとまた静かなデスクワークの時間が続く。

腕時計を見ると十六時半で、小腹が空いたので机の引き出しからモルディチョコレートを取り出し、ひと粒パクリ。

これは新商品の試作品で、開発部の社員からのいただきものである。しばしば試食や差し入れがあり、チョコ好きの私には嬉しい職場環境だ。

チョコの甘さに顔を綻ばせたら、机上でスマホが短く震えた。それは帰宅時間を知らせる桐島さんからのメールだと思われるが、届くのがいつもより少し早い。

開いて読めば、十九時半頃の帰宅になると、これまたいつもより早いスケジュールが記されていた。その理由は、【来客をひとり伴って帰ります】ということだった。

【我が家の夕食に招待しようと思うので、すまないが、ひとり分多めの調理をお願いします。メニューはいつも通りの和食で】と書かれていた。

目を瞬かせた私は、とりあえず了解の返事をしてから、考えに沈む。

来客とは、仕事関係者だろうか？　紫陽花荘は、今は桐島さんの持ち家なので、お客さんを呼ぶことは彼の自由であり、反対する気持ちは少しもない。むしろ、久しぶりの来客に心が弾み、楽しみに思っていた。

けれども、定時で退社して急いで帰宅しても、調理時間が一時間ほどしかなく、食料品店に寄って買い物をしている暇はなさそうである。

今、冷蔵庫に入っている食材では、ありきたりな家庭料理しか作れない。いつもの和食の献立でいいようなことがメールに書かれていたけど、お客さんに対して失礼にならないかな……。

数分悩んだ結果、ごく普通の家庭料理でも品数を多くして、旅館のお膳のように並べれば、それなりに豪華に見えるだろうと結論を出した。

それから仕事の手を休めて、メモ用紙にお品書きを作成する。

すると、急に周囲がざわついた。

何事かと辺りを見回せば、このフロアの最奥にある机から部長が立ち上がり、急ぎ足でドアへと向かっている。

その姿を目で追うようにしてドアの前を見れば、そこには本日二度目の訪室となる桐島さんがいて、見たことのない美しい女性を隣に伴っていた。

もしかして、メールにあった来客とは、あの女性なのだろうか……。

オリーブグリーンのスカートスーツを素敵に着こなす女性は、肩下までのブロンドの髪に白い肌、青い瞳をしている。

外国の人の年齢は推測しにくいが、たぶん三十歳前後なのではないかと思われた。

長身の桐島さんと拳ひとつ分しか身長差がないので、パンプスを脱いでも百七十センチほどはありそうだ。手足がスラリとしていて、ファッション雑誌の中から抜け出したような、素敵な女性であった。

桐島さんと女性に駆け寄り、ペコペコと頭を下げて挨拶している部長は、それから私たちに振り向くと声を大きくする。

「全員、起立して。ベルギー社の、マネージングディレクターだ。今日は急な視察でお越しになっている」

マネージングディレクターと言われても、それが日本でいうところのどんな役職になるのか、私にはわからない。

ただ、かしこまっている部長の様子から只者でないことは推測でき、専務か常務あたりではないかと予想しつつ、本社の取締役級の人の視察に驚いていた。

私を含めた皆が慌てて立ち上がろうとしたら、桐島さんがそれを制した。

「皆さん、そのまま仕事を続けてください。視察というほどの堅苦しいものではなく、彼女はただ、私に会いに来日しただけなんです。今、社内を簡単に案内しているところで、すぐに隣の部署に移ります」

にこやかにそう言った桐島さんは、それから彼女に向け、フランス語でなにかを説明している。

私と桐島さんの間には、八メートルほどの距離があり、遠くの彼をポカンとして見つめてしまった。

桐島さんが、フランス語を話している。外国の人みたい……。

そんな感想を心の中で呟いた私は、その直後におかしなことを思ったとハッとした。

日本国籍を持っていても、彼の生まれ育ちはベルギーなのだから、あちらの国の言語を話すのは当然のことである。

それはわかっていたはずなのに、最近では桐島さんを家族のように身近に感じていたためか、私の理解できない言語で話す彼に違和感を覚えたのだ。

それと同時に、なぜか寂しい気持ちも湧き上がり、着ているブラウスの胸元をぎゅっと握りしめた。

桐島さんは言った通りに、「お邪魔しました」とすぐに出ていこうとしている。

ベルギー社から来たという女性も、私たちにニッコリと微笑みかけてから、背を向けた。

自分の席に座ったまま、ふたりを見送る私は、小声で「あっ」と驚きの声をあげ、心臓を大きく波打たせた。

ドアを出たところで、桐島さんが女性の腰に腕を回したのだ。次はこっちだと、誘導するように。

その仕草はとても自然で、ふたりの関係が親密なものであることを推測してしまう。

もしかして……。

私と同じ想像を、他の社員もしていた。通路を挟んだ後ろの席の男性社員ふたりが、あの女性は社長の恋人ではないかとヒソヒソと話している。

「遠距離恋愛の彼女が、社長に会いたくなって急に来日したという感じか？」

「社長がこっちに来る前からの関係なら、長い付き合いだな。美男美女でお似合いだ」

私の鼓動が不安に高鳴る。

その会話を聞きたくなくて、思わず耳を塞いでしまったが、心には〝社長の恋人〟という言葉がくっきりと刻み込まれてしまった。

まだそうと決まったわけではないのに、桐島さんに恋人がいるかもしれないと思えば、締めつけられるような胸の痛みを感じる。

こんなにもショックを受けている理由は、一体なんだろう。

いつか桐島さんは紫陽花荘を手放して、彼女の待つベルギーに帰ってしまうのではと不安に思うからなのか……。

けれども、それが主な原因ではない気がして、瞼（まぶた）を閉じた私は自分の心の中に目を凝らす。

見えたのは、私が桐島さんに対して抱いているこの想いが、『恋なの？』という疑問であった。

今まで幾度となく自問してきたそれに、今も『違う』と、これまでと同じ答えを出す。

この苦しい思いはきっと、兄を取られる気分で拗ねている妹みたいなものなんだよ。

彼には彼の人生があるのに、気持ちまで依存してはいけないよね……。

湧き上がる負の感情をなんとか押し込めて、私は耳を塞いでいた手を離し、目を開けた。

あの美しい女性が桐島さんの恋人であったとしても、頼まれた夕食は手を抜かず、真心を込めて作ろう。

そのためには、今日の仕事を早く終わらせて、定時に退社しなければ……。

それから三時間ほどが経ち、時刻は十九時半になろうとしていた。

エプロン姿の私は、紫陽花荘の台所と居間を忙しく往復している。

座卓の上には、家庭料理を盛り付けた、小皿や小鉢が所狭しと並んでいる。

肉じゃがやレンコンのきんぴら、茶碗蒸しに豆腐の和風ハンバーグ、ふろふき大根など、どれも桐島さんの好物ばかりだ。

あとはふたりが帰宅してから、汁物とご飯をよそおうと思って台所に立っていたら、玄関の引き戸が開けられた音がした。

ハッとして、緊張が走る。

「お帰りなさい」と急いで廊下に出れば、玄関の上り口に立つ桐島さんが「ただいま」と微笑み、隣の彼女は「オジャマシマス」とイントネーションの少々おかしな日本語で挨拶してくれた。

「ようこそお越しくださいました……」

大丈夫、声は震えていないし、笑顔も作れる。桐島さんのお客様なのだから、精一杯もてなさなければ……。

ふたりは私の前で足を止め、桐島さんが改めて彼女を紹介してくれる。

「彼女はエマ。容器包装デザイン部の部長が言った通り、ベルギー社で取締役の職についています。だけど会社での立場を、今は気にせずに話してほしい。とはいっても、エマは日本語がわからない。英語なら話せるのですが……有紀ちゃんは？」

母国語と英語、少なくとも二か国語を操れるエマさんに対し、私は日本語しか話せない。私たちが共通に理解できる言語は、ないようである。

それを伝えて「すみません……」と眉尻を下げれば、「謝らないで」と言った桐島さんが、少し慌てたようにフォローの言葉を付け足した。

「私が通訳に入れば済む話です。なにも問題はない。やあ、いい香りがしますね。醤油や出汁の香りは食欲を誘う。突然の夕食の話に対応してくれてありがとう」

私が少し微笑んだら、彼はホッとしたような顔をする。それからフランス語でエマさんになにかを伝えると、彼女が私に笑顔で握手を求めてきた。

おたまを右手に持ったままであることに、やっと気づいた私は、恥ずかしく思いながらそれを左手に持ち替え、彼女と握手する。

はっきりとした二重の大きな青い瞳が三日月形に細められ、彼女が私になにかを話しかけてくる。

桐島さんの同時通訳によれば、彼女は日本食が大好きらしい。

今夜は和食の有名店に連れていってほしいと彼にお願いしたら、『我が家にはどこの店より美味しい料理を作る凄腕のシェフがいる』と言われたそうだ。

「有紀子さんがそのシェフなのね。料理をしてくれてありがとう」と言ってくれる彼女は優しく、話し上手で社交的に見える。

グループ会社の末端社員の私にも、気さくに話してくれるその人柄に好感を持った。

エマさんは素敵な人……。

桐島さんと並んでも遜色のない容姿をしているというだけでなく、話して数分で内面も魅力的だと感じていた。

それに対して私は、「日本の家庭料理を楽しんでいただけたら嬉しいです」とおどおどと答えて、ぎこちない笑顔を浮かべるのみ。

子供っぽくて、かっこ悪い受け答えだと恥ずかしくなるが、今は心が不安に流されないように耐えるだけで精一杯である。

それで、「ご飯とお味噌汁をよそいますね」と会話を切り上げ、逃げるように台所の暖簾（のれん）をくぐった。

フランス語で語らうふたりの弾んだ声が、居間の方へと遠去かる。

やっぱり恋人同士なのかな。

久しぶりの再会に喜ぶのは、当然だよね……。


夕食を始めて一時間ほどが経つ。

桐島さんとエマさんが並んで座布団に座り、私は座卓を挟んだ向かい側。

座卓の上には卓上コンロが置かれ、土鍋のおでんが温かな湯気を立ち上らせている。

エマさんは私の作った料理をペロリと平らげても、まだお腹に余裕があったみたいで、桐島さんが絶品だと話した私のおでんに興味を示し、食べたいと言ったのだ。

あり合わせの材料でこしらえたおでんなので、具材は少し寂しいけれど、喜んで食べてくれるのは嬉しい。

ふたりは、帰宅時に買ってきた日本酒の中瓶を飲んでいる。私も勧められたけど、アルコール全般、喉が焼けるような気がして苦手なので遠慮した。

エマさんは饒舌に話す人で、私の手料理の一品ずつについて優しい感想を述べてくれた。あちこち傷んだ紫陽花荘の建物についても、『味わいがあってとても素敵』と上手に褒め、桐島さんがここを買い取った気持ちがよくわかると言ってくれた。

それから、『私もここに住みたいわ』とも……。

おでんを箸で上手に食べて、桐島さんと日本酒を酌み交わし、紫陽花荘で暮らしてみたいと話すエマさんに、私の作り笑顔が崩れそうになる。

彼女の今夜の宿はどこだろう。

もしかして、ここに泊まるのかな……。

桐島さんからそんな説明はされていないけれど、恋人なら、彼の持ち家である紫陽花荘に泊まるのは普通のことだ。

彼の部屋で、ふたりが寄り添って布団に入る姿を頭に描いてしまい、胸に痛みが走る。

思わず首を横に振って、そのイメージを消そうとしたら、「有紀ちゃん?」と桐島さんに不思議そうに呼びかけられて、ハッと我に返った。

「どうしたんですか?」

「あ、あの……」

説明できずに困った私は、「そうだ、ぬか漬けをお出しするのを忘れていました」と話を逸らすことにする。

「エマさん、うちのぬか漬けを食べてみませんか?」と問いかければ、ぜひ食べてみたいという返事が、桐島さんの通訳を介して戻ってきた。

これ幸いとばかりに私は急いで立ち上がり、隙間風の吹き込むひんやりとした台所へ。

ひとりの空間に足を踏み入れると、作り笑顔を消して、大きなため息をついた。

どうしよう。やっぱりエマさんを、心から歓迎できない……。

それは私の心の問題であり、彼女には少しの落ち度もない。

この嫉妬のような気持ちはどこから湧いてくるのだろう?

桐島さんは兄で、私は妹。そんな関係が心地よかったはずなのに、兄に恋人がいるくらいでこんなにも心が乱されるなんておかしなことだ。

汚れたボロ雑巾のような醜い心を桐島さんに見られたくないから、様子がおかしいと気づかれたくない……。

今日はすっかり避難場所になってしまった台所で、私は深呼吸する。

それから、『しっかりしなさい』と自分を叱咤して、床に膝をつけて漬物樽の蓋を開け、キュウリやナス、大根を取り出した。

漬けたのはキュウリが今朝で、大根は二日前だ。野菜の種類や季節によって、ぬか床に漬ける時間は異なる。

祖母から受け継いだぬか床と、教わった料理の知識は私の宝物。

祖母がいた頃と変わらぬ、美味しいぬか漬けを食べられることに感謝していた。

ぬか床に触れていると、徐々に心に落ち着きが戻ってきた。

しかし、大丈夫だと思った矢先に、「有紀ちゃん」と後ろから声をかけられて、「ひゃっ！」とおかしな声をあげてしまった。

顔だけ振り向けば、桐島さんが暖簾をくぐって入ってきたところで、私は慌てて笑顔を作る。

「なにか足りないものがありました？」と問えば、「酒瓶が空になったから、駅前の酒屋まで買いに行こうと思います」と彼は言う。

様子が変だと言われるかと身構えていたところだったので、私は胸を撫で下ろす。

ホッと息を吐き、「わかりました。行ってらっしゃい」と答えて、ここで彼を見送ろうとした。

それなのに桐島さんはなぜか顔を曇らせて、私をじっと見つめたまま出ていこうとしない。

灰青色の瞳に、私の作り笑顔が映っている。苦しい胸の内を見透かされそうな気がして、急いで顔を正面に戻したら、彼が三歩で私の前に回り込んだ。

床に片膝をつけ、樽を挟んで私と向かい合った桐島さんは、顔を俯かせる私に向けて右手を伸ばしてきた。

男らしい指で顎をすくわれて、私は口から心臓が飛び出しそうなほどに驚いている。

「き、桐島さん……？」

手がぬかまみれなので、顎にかかる彼の指を外すことをためらった。

「泣いてはいないな……」と独り言のように呟いた彼に、高鳴る鼓動は少し速度を落として、私は目を瞬かせる。

潤む程度にも涙は滲んでいないし、桐島さんの前では笑顔でいたというのに、なぜそう思ったのか……。

私の顎から手を離した彼は、心配を解いたように表情を和らげ、少し笑った。

「エマを連れてきたことが、君の迷惑になっているのではと思ったんです。無理をして会話しているように感じて」

「そ、そんなことはないです！」と私は慌てて否定する。

「エマさんは私の料理も紫陽花荘も褒めてくれました。とても楽しいです。変に見えたのは、まだ少し緊張しているからだと思います！」

彼の気づきをごまかそうと、私らしくなく語気を強めて主張したら、桐島さんが「わかったよ」と宥める(なだ)ように私の頭を撫でる。

それから立ち上がり、「十五分ほどで戻るけど、その間、エマを頼みます」と廊下に踏み出した。

「はい。行ってらっしゃい……」

『エマを頼みます』という言葉が、この胸に新たな傷を作る。

彼女を特別大切に思っているのだと、告げられた気がして……。

桐島さんが出かけていき、音に出さずにため息をついた私は、樽から出したぬか漬けの野菜を軽く水洗いする。

それを年季の入った青森(あおもり)ヒバのまな板にのせ、包丁で切っていると、今度はエマさんが「オジャマシマス」と言って台所に入ってきた。

待ちきれなくて、ぬか漬けを取りに来たのかと思ったが、そうではない様子。楽しそうな顔をして、棚に並んでいる物や壁にかけてある調理器具を眺めているので、どうやら古い日本の台所に興味があるようだ。

さっきまで私が蓋を開けていた漬物樽を指差して、身振り手振りを交えて、これはなにかと尋ねてくるエマさんに私は困る。

どうやって答えればいいのだろう……。

私には彼女のように、表情豊かにジェスチャーで相手に気持ちを伝えることはできそうにない。照れのような恥ずかしさを感じてしまうからである。

それで蓋を開けて「これがぬか漬けです」と日本語で答え、中のキュウリを引っ張り出して見せ、その後に流し台の上の、切ってお皿に盛り付けた漬物野菜を指差した。

笑顔で頷き、理解してくれた様子のエマさんは、それからも次々に質問をぶつけてくる。

棚にしまってある乾物や、木製の落し蓋。卵焼き用の四角いフライパンに、しゃぶしゃぶ用の鍋、釜飯用のお釜やたわし、等々……。

説明に困ってオロオロする私に、クスリと大人の笑い方をするエマさんは、一旦居間に戻るとスマホを手に台所へ引き返してきた。

そしてなにかのアプリを起動させ、スマホに向けてフランス語で話しかける。

すると「これは自動通訳アプリです」という日本語の機械音声が聞こえた。

そんな便利なものがあるのかと目を丸くする私に、彼女はそれを使って、私に押し寿司の木型の説明を求めてきた。

私の返事はスマホを介してフランス語に通訳され、桐島さんが不在でも会話が成立することにホッとして自然と顔が綻ぶ。

そんな私を見たエマさんがおかしそうに笑い、「やっと緊張が解けたようね。あなたの笑顔を見られて嬉しいわ」というような言葉が、少々硬い日本語で通訳された。

思わず私は両手を頰に当て、自分の表情を確かめる。

先ほどは桐島さんに、泣いていると勘違いさせてしまい、今はエマさんに、ようやく笑ったというような指摘を受けた。

私としては、ふたりの前では努力して笑顔をキープしていたつもりでいたのに、それがかえって硬い表情に見えてしまったみたい。

私を気遣い、たくさん褒めて話しかけてくれるエマさんの大人な対応に対し、笑顔さえうまく作れない私は、なんて子供なのだろう。

食事中の会話で、エマさんが二十九歳だと聞いた。私たちには七歳の開きがあるが、私がその年齢になっても、彼女のように振る舞える自信はなかった。

これまで失礼な態度を取ってしまったと思い、「すみません」と眉尻を下げれば、エマさんがなぜ謝るのかと言いたげに首を傾げ、それから話題を変えて話しかけてきた。

今日の勤務時間は何時までかと問いかけられて、今度は私が首を傾げる。

帰宅してからの質問にしては、おかしいと思ったのだ。

目を瞬かせて「十八時です」と退社した時間を答えたら、彼女がなぜか驚いた顔をして、「ごめんなさい！」と謝ってきた。

スマホからは、こんな機械音声が流れる。

「私はあなたに多くの残業をさせました。私はそれを知りませんでした。今すぐにお帰りください」

「え……？」

もしかしてエマさんは、私を通いの家政婦だと勘違いしているのだろうか……。

時刻はもうすぐ二十一時で、彼女をもてなすために、私が契約時間を超えて三時間ほども働かされているのだと、申し訳なく思った様子である。

ということは、私がモルディジャパンの社員であることも知らないようだ。

桐島さんがエマさんに、なぜそれを説明しなかったのかと考えて、帰宅したばかりの彼に言われたことを思い出す。

彼女がベルギー社の取締役に就いていることを気にせずに話してほしいと言っていた。きっと、私が社員であることを伏せた方が、私たちが友人感覚で楽しく交流できると考えたのではないだろうか。

もっともエマさんとしては、友人ではなく、家政婦だと思い込んでいたようだけど……。

後片付けは自分がやるから帰っていいというようなことを言い、エマさんは私の背を押すようにして台所から出ていかせようとする。

「あの、違うんです！」と声を大きくしたが、彼女のスマホはまな板の横に置かれていて、私の言葉を通訳してくれない。

あれよあれよという間に、私は玄関まで押していかれ、コート掛けに吊るしていた薄手のベージュのコートと、通勤用のショルダーバッグを持たされて、「オツカレサマデス」と片言の日本語で言われた。

「お、お疲れ様でした……」

人のよさそうな笑顔のエマさんに見送られて外に出ると、すぐに玄関の引き戸は閉められる。

空を仰ぎ見れば、小さな満月が薄雲をかぶり、寂しげに輝いていた。

どうしよう、追い出されちゃった……。

戸惑いと焦りは少しの間だけで、すぐにこれでよかったと思い直す。

紫陽花荘は床板も壁も薄くて、振動や音が漏れやすい。寝ようとした時に、二階からふたりの愛し合う物音や声が聞こえてきたら……私の方から逃げ出すに違いないからだ。

それで紫陽花荘を離れて夜道を歩きながら、今日はどこに泊まろうかと考える。

もう半年ほど会っていないけれど、私にも高校時代からの付き合いの、親しい友達がいる。その子に連絡してみようかと思ったが、実家暮らしだし、こんな夜に突然泊めてほしいと言われても迷惑に違いないと諦めた。

ホテルは高いから……そうだ、ネットカフェにしよう。入ったことはないけれど、横になって体を休める個室があり、飲食もできると聞いたことがある。

明日は土曜なので、熟睡できなくても支障はないだろう。それで充分だ。

電車の駅から数分の場所に立つ商業ビルの中のネットカフェを目指し、私は足早に歩く。

街灯の明かりだけが頼りの、人気(ひとけ)のない細い道路を進み、角を曲がって大通りに出れば、急に明るさが増す。

この辺りはネオン輝く繁華街で、飲食店が多く、金曜の夜は特に多くの人が往来していた。

酔っ払っているような男女数人の集団が、楽しそうに会話しながら私とすれ違う。

祖母が亡くなる前まで働いていたコンビニを過ぎて、二分ほど歩くと、目的の商業ビルに着いた。

この建物には居酒屋やカラオケ店なども入っているため、客の出入りが絶え間なく、エレベーター前は特に混雑している。

ネットカフェは三階で、階段を上ろうと思った私は、エレベーター待ちの人を避けるように壁際に寄り、通路を奥へと進む。

すると、すぐ横の『ワンコインバー』と看板を掲げた店のドアが開いて、中から出てきた数人の客が私の行く手を塞いだ。

その客に、ドアから顔を覗かせて「ありがとうございました」と声をかけているのは、黒いベストを着て蝶ネクタイをした店員らしき若い男性。耳にいくつもピアスをつけて、短めの髪は金髪に近い明るい茶色に染められている。

足を止めている私に気づいた彼は、営業スマイルを浮かべて、「いらっしゃいませ」と声をかけてきた。しかし、その直後に「なんだ、未成年かよ」と呟いて、一瞬にして興味を失ったように笑顔を消してしまった。

これまでも、未成年に間違われることは何度かあった。それは大抵化粧をしていない時で、きっと今はメイク直しをしていないから、すっぴんに近い状態なのだろう。

いつもの私なら、ただ傷ついて立ち去るだけなのだが、今はエマさんに比べ、自分が随分と子供染みていると気にしていたところなので、「私は大人です！」と即座に反論した。

すると店員は、「身分証明書」とひと言、横柄に片手を出す。

ショルダーバッグから花柄のカードケースを取り出した私は、その中の健康保険証を彼に提示する。

すると、「あ、本当だ。俺の一個下」と納得してくれた彼は、ドアを大きく開けて私の通り道を作った。

「入っていいよ。ひとり？　カウンター席でいい？」

「え？　あの……はい」

年齢証明しておきながら、入店しないのはおかしい気がして、店内に足を踏み入れた。

ソフトドリンクを一杯だけ頼んで、それからネットカフェに行けばいいと考える。

店の奥にはL字形のバーカウンターがあり、手前には丸テーブルが八つある。テーブル席はひとつだけ空いていて、カウンター席も椅子が三つしか残っておらず、なかなかの繁盛ぶりだ。

青や黄色の間接照明が壁や酒瓶の並んだ棚を照らし、アメリカ風の雑貨や額縁に入れられた白黒写真、外国の道路標識などで店内は雑多な印象。私の趣味には合わないが、きっとこれがお洒落なのだろう。

客層は二十代が多いように見える。店内にはポップな洋楽が流れ、若者の楽しげな語らいの声に満ちていた。

友達と大手居酒屋チェーン店に入ったことはあるけど、こういう店は初めてである。落ち着かない気分でカウンター席の端に座り、メニュー表を眺めていれば、注文前なのに、私の前にオレンジジュースのような飲み物が出された。

先ほどの店員が、作り笑顔を浮かべて、気前のいいことを言う。

「一杯、サービスするから。未成年だと勘違いしたお詫びに。だからSNSに店の悪口書かないでね」

そういう客が、たまにいるのだろうか……。

私はそんなことしないのにと思いつつ、サービスのドリンクにお礼を言った。

彼はナッツやチーズなどのつまみも、飲み物も全て五百円だという説明をして、私から離れていった。

サービスしてもらったドリンクを恐る恐る口にした私は、やっぱり……と心の中で呟く。

これはカシスオレンジだ。

二十歳になりたての頃に、友達と居酒屋で初めて飲んだカクテルもこれであった。

甘くて味は嫌いじゃないが、アルコールが喉を刺激して熱くなり、その感覚を苦手に思う。

これ、飲み干せるかな……。

せっかくサービスしてくれたものを残すのは失礼な気がするし、これを飲まなければ二杯目のドリンクを注文できない。

入店しておきながら、まさかお金を使わずに店を出るわけにはいかないだろう。

頑張って飲まなければ。

無理をしてカクテルグラスを傾けながら、スマホを取り出した。

桐島さんが買い物に出てから十五分ほどが経とうとしているので、そろそろ紫陽花荘に帰ってきて、私がいないことを知るのではないかと思われる。

心配しないように伝えなければ……。

彼に電話をかけようとしたが、『エマのことは気にせず帰っておいで』と説得されそうな気がしてメールに変える。

いや、桐島さんなら、私を気遣い、エマさんとふたりでホテルに宿泊すると言い出すかもしれない。

紫陽花荘は桐島さんの持ち家なのに、家主を追い出すようで、それは私が心苦しい。かといって、ふたりを気にしながら寝なければならないのもつらいので、やはり、私が外泊するのが一番いいのだ。

桐島さんが納得してくれそうな、外泊の理由付けはなににしよう……。

頭を悩ませつつ、メール画面の点滅するカーソルを見つめていたら、スマホが震えた。桐島さんからの電話かと焦ったが、弟の武雄からである。

「もしもし」と通話に出れば、《姉ちゃん、元気？》と明るい声がした。

「うん、元気だよ」

武雄は、メールはよく送ってくれて、高校生活を真面目に楽しく過ごしていると知らせてくれる。でも、電話は滅多にかかってこない。

　こっちから夜に連絡しても、寮の友達の前で姉と話すのは恥ずかしいらしく、電話に出てくれずにメールで【なに?】と聞いてくるほどだ。

　それで、「電話をくれるなんて珍しいね。どうしたの?」と問えば、スマホの向こうで照れくさそうにヘヘッと笑う声が聞こえた。

《姉ちゃん、今日誕生日だろ?　おめでとうって言いたいじゃん》

　姉思いの優しい弟の気遣いに、私は目を瞬かせる。

「武ちゃん、ありがとう。でも、あのね、私の誕生日は来月だよ」

《えっ、今何月?　五月だよね?》

「四月だよ。しっかりして」

《しまったー!》と叫ぶ声を聞いて、私は吹き出した。

　武雄は高校三年生。新学年になってまだ数日だというのに、もうひと月経った感覚でいたのだろうか。クラス替えはなく、担任もクラスメイトも二年生の時と同じなので、新鮮味がないせいかもしれないけれど。

　武雄の間抜けな勘違いに、沈んでいた気持ちがいくらか浮上して、クスクスと笑っていたら、《あれ、姉ちゃんどこにいるの?　周囲が賑やかだけど》と問われた。

紫陽花荘から徒歩数分の商業ビル内にあるワンコインバーだと答えたら、《へぇ、姉ちゃんでも飲みに行くことがあるんだ》と珍しがられ、《桐島さんと？》とギクリとすることを聞かれた。

ひとりで飲んでいると言えば、なにかあったのかと心配させそうで、「う、うん。そうだよ」と、とっさに嘘をついてしまう。

すると、からかうような声で《ふーん》と返された。電話の向こう側にいる武雄の、ニヤニヤ顔が目に浮かぶ。

《うまくいってるんだ。桐島さんになら、安心して姉ちゃんを預けられるよ。俺もあの人好きだからさ、姉ちゃん、逃さないように頑張って》

武雄は桐島さんを信頼しており、前に一度、『姉ちゃんたち、付き合ったらいいのに』と私に言ったことがあった。しかしそれは冗談に違いなく、今もきっと、姉をからかってみようと思っただけであろう。

けれども今の私に、その冗談は少々きつい。私は桐島さんの妹的な存在で、恋をしてはいけないと自分に言い聞かせている最中なので、武雄の言葉に心が乱されてしまった。

「な、なに言ってるのよ！　そんなんじゃないから」と焦って否定して、慌てて話題を変える。

「ゴールデンウィークには、こっちに帰れるの？」と問えば、《ごめん》と謝られる。

《試合前なんだ。連休中もずっと剣道場通いで帰れない》

「そっか。じゃあ、次に会えるのはおばあちゃんの一周忌の法要だね」

《うん。それは絶対に帰る。家のこと、姉ちゃんに任せっきりでごめんな》

武雄はまだ高校生だから、私に養われて当然なのに、時々大人びたことを言う。

力になれない自分に歯痒い思いでいるのかもしれないと思いつつ、私も頼りない保護者でごめんねと心の中で謝った。

「武ちゃんは勉強と剣道を頑張って。おばあちゃんもきっと天国でそう思ってる。それじゃ、またね」と言って電話を終わらせた。

久しぶりに弟の声を聞けてよかった……と顔を綻ばせたら、直後にスマホが震えて、今度は桐島さんから電話がかかってきた。

慌てた私の指先が画面を掠め、意図せずに【応答】のマークに触れてしまった。

どうしよう、まだ外泊のうまい言い訳を思いついていないのに……。

「はい……」と耳に当てるとすぐに、《有紀ちゃん、すまない！》と謝られた。

《君がここに住んでいることを、まだエマに話していなかったんだ。今どこにいる？

迎えに行きます》

その声には、いつもの彼らしくない強い焦りが感じられたが、それは私も同じである。

迎えに来られても、困る……。

桐島さんの部屋で過ごすエマさんの存在を気にしながら、紫陽花荘で眠れる自信はない。この胸の痛みは、ひと晩かけて、もっと強くなりそうで怖いとも思う。

それでとっさに思いついた嘘を口にする。

「今、友達と一緒にいるんです。今夜は泊めてもらうことになりました」

《友達……？》

訝しむように問い返されて、私は冷や汗をかく。それでも、なんとか信じてもらわなければと、早口で嘘を重ねた。

高校時代の級友が近くに住んでいて、連絡したら、おいでと言ってくれた。他の友達も誘ったら五人が集まって、急遽お泊まり会をすることになったのだと。

「だから心配しないでください。私も久しぶりに友達と会えて嬉しいんです。桐島さんはエマさんと――」

『ふたりきりの楽しい夜を過ごしてください』と言おうとして、言葉に詰まる。

本心とは真逆のことを口にすれば、さらに心は傷ついて、涙が溢れてしまいそうだ。

それで、「充電がなくなりそうです。すみません、切ります」と一方的に言って、電話を終えた。

切る間際に大きな声で名前を呼ばれたが、それを無視してしまった。

信じてくれたかな……。

それを気にしつつ、スマホの電源を落とした私は、カクテルグラスに三分の二ほど残っていたカシスオレンジを、一気に飲み干した。

アルコールが喉から胃までを熱くして、思わず顔をしかめる。

苦手なお酒を流し込むように飲んだのは、酔ってしまいたいという思いがあるためだ。

もう一杯、同じものを頼んで、それを飲んだらネットカフェに行こう。

酔っていたら、人の話し声や物音がする環境でも眠れるよね、きっと……。

カウンター内でシェイカーを振っているのは、渋い顔をした中年男性のバーテンダーである。その人にお代わりを注文しようとしたが、その前に、私を案内した若い男性店員が横に立ち、声をかけてきた。

「注文？」

「あ、はい。カシスオレンジをもう一杯ください」

彼はバーカウンターを回って中に入り、自らドリンクを作って、テーブル越しに私の前に置いた。

それをひと口飲んだ私は、「あれ？」と首を傾げてグラスを見る。

アルコールの味がしない。色もさっきのものより黄色っぽいようだ。

「これ、ただのオレンジジュースですよね？」と彼の間違いを指摘すれば、「そうだよ」と平然と返されて面食らう。

「本当は酒が苦手なんだろ？　無理して飲んでる顔してた」

カウンターテーブルに片肘をついて、その手に顎をのせ、彼は真正面からじっと私を見つめる。

戸惑う私に彼は、「彼氏と喧嘩して家出？」と、真顔で無遠慮に聞いてきた。

どうやら、桐島さんとの会話を聞かれていたみたい。

彼氏ではなく、喧嘩しているわけでもないけれど、出会ったばかりの店員に事情を打ち明ける気はないので、「そんな感じです」と答えて目を逸らした。

すると「帰って、話し合った方がいいんじゃない？」と心配される。

「帰りたくないんです」

「友達とお泊まり会って、嘘だろ。どうすんの？　この店は二時に閉まるけど」

そこまでしっかり聞かれていたことに驚きつつも、見ず知らずの私を心配してくれるお節介さに、心が少し温められた。

見た目は少し怖いけど、優しい人なんだ……。

「このビルの三階にあるネットカフェに行くので大丈夫です。ご心配ありがとうございます」と笑顔を向けたら、なぜか呆れの目を向けられた。

「ここのビル、駅近だから客入りいいんだよ。金曜の夜なんて、絶対満室」

「ええっ⁉」と声をあげて焦る私に、彼は「どうするの？」と二度目の問いを投げかけた。

ど、どうしよう……。

代替案がまったく浮かばないのは、アルコールが体に吸収された影響なのか。

目に見えてうろたえる私を残し、彼はバーカウンターを離れてしまう。テーブル席の他の客が注文しようと店員を呼んでいるからだ。

解決策を与えてくれると期待していたわけではないが、急に心細くなり、もう少し話し相手になってほしかったと残念に思っていた。

彼は注文を取り、バーテンダーにそれを伝え、出来上がったドリンクを客席に運ぶ。

働く彼の姿を視界の端に捉えつつ、朝までどこで時間を潰せばいいのかを真剣に悩んでいたら、店員の彼が私のところへ戻ってきた。

「これ、あげる」と渡されたのは、紙製の丸いコースターで、今オレンジジュースのグラスの下に敷いてあるものと同じである。

不思議に思いつつも、コースターを新しいものに取り替えろという意味かとグラスを持ち上げたら、「違う、裏」とぶっきらぼうな口調で言われた。

コースターをひっくり返すと、そこには携帯の電話番号とメールアドレスがボールペンで書かれていて……。

空いた隣の席に彼が腰掛け、コースターを手に「え……？」と戸惑っている私と視線を交えた。

「俺、零時上がりなんだ。それからでいいなら泊めてやるよ。部屋、汚いけど。それまでファミレスででも時間潰してな」

目を丸くした私は、数回言葉を交わしただけの客に、なぜそんなにも親切なのかと考える。

自分が面倒をみなければと思わせてしまうほど、私は頼りなく見えるのだろうか……。

いくら困っていても、その厚意に甘えるわけにはいかない。

体目当てなのではと疑うわけじゃなく、男性の部屋に平気で上がり込めるような育てられ方をしていないせいである。

連絡先の書かれたコースターをテーブルに置いた私は、「ありがとうございます。でも、いいです。ひと晩くらい自分でなんとかします」とそれを彼の方に押しやった。

しかし、コースターを掴んだ彼は、強引に私の手の中に戻す。

「なにもしないから安心しろよ。俺、彼女いるし。まぁ、あんたが嫌なら無理強いしないけど、気が向いたら連絡して」

その時、バーテンダーが「いらっしゃいませー」とドアの方に向けて声を張り上げた。

その声で新しい客が来店したことを知り、店員の彼は仕事のために椅子から立ち上がる。しかし、その直後に「は？」と素っ頓狂な声を出した。

私も同時に「えっ？」と驚きの声をあげる。

後ろから誰かの手が伸びてきて、私の手の中のコースターを抜き取り、店員のベストの胸ポケットに入れたのだ。

その手の持ち主は、今入店したばかりの客のようで、腕から肩、顔へと視線を移動させて、私は目を見開く。

「桐島さん……」と掠れた声でその人の名を呼んだ後は、驚きのあまりに言葉が出てこなかった。

桐島さんは肩で大きく息をしていた。どうやらここまで全力で走ってきたらしい。ネクタイを外したワイシャツ姿で、ジャケットもコートも羽織っていないのは、焦って紫陽花荘を飛び出したからだと思われた。

そうさせてしまったのは、私が電話を切り上げて、スマホの電源も落としたからに違いなく、申し訳なさが込み上げる。

それと同時に、なぜ私の居場所がわかったのかと不思議に思っていた。

桐島さんは呼吸を落ち着かせてから、私を背中に隠すように立ち、店員の彼と対峙して言う。

「彼女は連れて帰るから、君の世話にはならないよ」

その声は低く、怒っているような凄みがあり、私は慌てた。

店員の彼が私を誘ったことを察したようだけど、それは親切心からくるもので、下心があるわけではないのだ。

桐島さんの苛立ちは店員ではなく私に向けられるべきで、「ごめんなさい、私が悪いんです」と謝って、「ここを出ましょう」と立ち上がった。

店員の彼は、迷惑そうな目で私たちを見るだけで、なにも言わないでいてくれる。

桐島さんはズボンのポケットから財布を出し、一万円札をテーブルに置くと、左手で私のショルダーバッグ、右手で私の手首を掴んでドアへと歩き出した。

私は五百円しか使っていない……と言える雰囲気ではなかった。

桐島さんが足早に進めば、私は小走りになる。

店を出て通路を通り、ビルの外へと足を踏み出したら、ひんやりとした夜風が私の頬を撫でた。

桐島さんは紫陽花荘に向け、無言で私を引っ張るようにして歩いている。

「桐島さん、あの……」

恐る恐る大きな背に問いかければ、少し歩調を緩めてくれて、彼が隣に並んだ。

私が逃げるとでも思っているのか、掴んでいる手首は放してくれない。

いつもの笑顔はなく、不機嫌そうな真顔に気圧されつつも、まずは友達とお泊まり会だと嘘をついたことを謝った。

よく考えてみれば、こんな夜になって急に懐かしい級友五人で集まることになるのは不自然だ。

私は嘘をつくのが下手なのだと自己分析しつつ、「どうして私の居場所がわかったんですか?」と不思議に思っていたことを問いかけた。

すると桐島さんは小さなため息をついてから、「武雄くんからメールが来たんだ」と、スマホを取り出して見せてくれた。

そこにはこんな文面が。

【いつも姉ちゃんの面倒をみてくれてありがとうございます。たぶん姉ちゃん、酒に弱いから、あまり飲ませないでください】

武ちゃんったら……。

昨年の祖母の葬儀の後、なにかあった時のためにと、桐島さんが弟の連絡先を聞いていたのは知っている。

「あの、弟とよくメールしてるんですか?」と聞けば、彼は少しだけ微笑んで頷いた。

「有紀ちゃんが心配なようだ。無理をしてないかと様子を問うメールがたまに来ます。君たちはお互いを想い合う優しい姉弟だ」

弟と桐島さんとの間で、そんなやりとりが交わされていたことを初めて知り、頬が熱くなった。

武ちゃんの気持ちは嬉しいけど、恥ずかしいよ……。

それで、家を出た私がお酒を出す店にいることを知った桐島さんは、店名を弟に聞いたようである。

そうだったのかと納得した後は、駅近くのワンコインバーにいると、武雄に話してしまったことを後悔する。

迎えに来てもらっても、困るのに……。

繁華街を抜けて、私たちは今、明かりの乏しい裏通りを歩いている。

紫陽花荘は、すぐ目の前だ。

無言で玄関前にたどり着くと、鍵もかけずに飛び出したらしく、桐島さんが玄関の引き戸をガラリと開けた。

そこでやっと、掴んでいた私の手首を放してくれた。

家を出て一時間も経たずに連れ帰られた私は、先に入っていく彼の背を見ながら、玄関先に立ち尽くす。

こうなってしまえばもう、今夜は外泊すると駄々をこねて困らせる気はないけれど、つらい夜を過ごさねばならないことは確実で、足が竦んでしまう。

私にはわからないフランス語で、桐島さんとエマさんが楽しげに語らう声を聞きたくない……。

エマさんの肩に触れたり、腰に腕を回す桐島さんの姿を見たくない……。

ふたりが抱き合って眠る夜に、同じ屋根の下にいたくない……。

口には出せない想いが、悲鳴のように胸の中に響く。心が痛くて、コートの胸元をぎゅっと掴んで耐えていた。

この気持ちは、やはり嫉妬なのだろう。

妹のような立場に満足し、頼れる兄ができた気分で幸せに思っていたはずなのに、今はそれが私を苦しめている。

エマさんが現れたことによって、ごまかせないほどの切なさが押し寄せて、自分の気持ちに向き合わざるを得なかった。

妹は嫌……。

そう思うのは、私が桐島さんに恋しているからなんだ……。

自覚したところで失恋は決定的で、涙腺が緩みそうになる。けれども桐島さんを困らせたくはないので、唇を噛みしめて涙をこらえ、俯いていた。

黄色い明かりの灯る暖かそうな玄関にいる彼と、冷たい夜の中に佇む私。

なかなか玄関の敷居をまたげずにいたら、中から優しい声で呼ばれた。

「有紀ちゃん、おいで。大丈夫。エマは帰ったよ」

「え……？」

「タクシーを呼んで宿泊先のホテルに帰した。気を使わせて悪かったね。だが、君はなにかを勘違いしています」

勘違いとは、どういうことなのか。

ある期待を抱いて足を前に進め、玄関に入ったら、桐島さんが引き戸を閉めた。

平べったい小石をタイルのように並べて固めた古めかしい玄関の床は、いくら掃除をしても黒ずみが取れない。

その上で私と向かい合って立つ彼は、ほんの少し微笑んで続きを話した。

「エマが私の恋人だと思ったのかもしれないが、それは間違いです。彼女はいとこだよ」

「いとこ……」と彼の言葉を繰り返した後は、拍子抜けしたようにポカンとしてしまう。

ということは、思い悩んだり、胸を痛めたりする必要はなかったということなの……？

エマさんは、桐島さんの叔父である、ベルギー社の代表の娘なのだそう。

ちなみに旦那さんがいるとも聞かされて、驚いていた。

それを私に説明しながら、桐島さんは苦笑いする。

「エマは、夫婦喧嘩をすると私のところへ来る。愚痴を聞いてもらいたいからだと思うんだ」

これまでは、他に下宿人がいたため、エマさんを紫陽花荘に連れてくるわけにいかず、桐島さんが彼女の宿泊先のホテルに行って、夫婦喧嘩の話を聞いてあげていたのだそう。来日五度目となる今回は、紫陽花荘の住人は私と桐島さんしかなく、同性で年もそれほど離れていない私とエマさんなら、楽しい交流ができるのではないかと考えたみたい。

灰青色の瞳が、緩やかな弧を描く。

「音楽家の両親は、私が子供の頃から世界各地に演奏旅行に出かけていた。ひと月やふた月帰らないこともよくあり、私はその間、叔父の家に預けられました。エマとは本当の兄妹のような絆（きずな）がある。大きくなっても兄を困らせる妹が、私は愛しい。けれどもそれは、恋愛感情とはまったく別物です」

きっぱりとそう言い切った彼の言葉を、驚きから回復した思考力で私は考える。

桐島さんにとっての妹はエマさんで、私じゃないんだ……。

この胸を縛りつけていた紐が解けたかのように、痛みも苦しさもスッと消えていく。

それと同時にこらえていた涙が溢れ出した。

「よかった……」と震える声で呟いて、両手で顔を覆えば、大きな手が私の頭にのせられて、よしよしと撫でられる。

そして、一拍おいてから、「なぜ、よかったと思うんですか?」と穏やかな声で問いかけられた。

「それは……」

私が桐島さんに恋をしているからだと、言うわけにいかない。

言えばきっと、優しい彼を困らせてしまうから。

その考えがストッパーのように働いて、私は口ごもる。

鼓動が速く大きく波打つのを感じたら、桐島さんが持っていた私のショルダーバッグを玄関の上り口に置いたような音がした。

両手で顔を覆っているから、動揺している表情を見られずに済むと思ったのに、彼に手首を掴まれて外されてしまった。

涙に滲む視界に、真面目な顔をした彼が映る。

「言えない?」と問いかける声は、なぜか緊張しているような雰囲気があり、頷いた私に彼は黙り込む。

お互いに無言の時が数秒続き、やがて桐島さんが大きく息を吸い込んで、思いきったように口を開いた。

「有紀ちゃんは、私を好きだから……それが理由では？」

言い当てられて、私は肩をビクつかせた。

どうしよう……と目を泳がせれば、私の頬を両手で挟むように触れて、彼が顔を近づける。まるで、自分以外のものを見るなというように。

わずか拳ふたつ分ほどの距離に端正な顔があり、驚きに目を丸くしたら、彼が誠実そうな声色で、私の心に刻み込もうとするかのように、ゆっくりと語りかけた。

「もし、君の想いが恋とは違うなら、おかしな質問をして申し訳ない。だが、期待を抱いてしまった今は、聞かずにいられないんだ。なぜなら、私は有紀ちゃんを愛しているからです」

その言葉を聞いた瞬間、私は頭が真っ白になってしまった。泣くのも呼吸するのも忘れるほどに、なにも考えられず、衝撃の中に心を置いているだけである。

桐島さんは今、なんて言ったの……？

呆然としていたのは、きっと十秒ほど。「え……？」と振り絞るような声で問い返せば、彼は私から手を離し、困ったように人差し指で自分の頬をかいた。

「有紀ちゃんと交際したいと願っているんですが……そんなに信じられない？」

交際ということは、私が桐島さんの恋人になるということで……私は今、告白されたんだ……。

今度は彼の言葉を理解することができた。

喜ぶよりも先に気が抜けて、ヘナヘナとその場に座り込んでしまう。

「有紀ちゃん⁉」と慌てたように桐島さんも片膝をつき、私の肩を掴んで顔を覗き込むと、「具合が悪いんですか？　酔いが回ってきた？」と心配してくれた。

ワンコインバーではアルコールが体に染み込んだような感覚があったけれど、今は酔っていられる状況ではない。

首を横に振って彼の問いかけを否定した私は、この気持ちを伝えなければと、灰青色の瞳を見つめて口を開いた。

「ずっと好きにならないようにって、我慢していたんです。桐島さんを困らせたくなくて。もう我慢しなくていいんですか……？」

ホッとしたようにため息をついた彼が、嬉しそうに瞳を細める。「もちろん」と頷いて、「今から私たちは恋人です」と嬉しい言葉をくれた。

やっと喜ぶことのできた私の目には、止まっていたはずの涙が再び溢れる。

それは頬を濡らす前に、彼の指先で拭われて、しゃがみ込んだまま、そっと抱き寄せられた。

逞しい二本の腕が背中と後頭部に回され、私の目の前には彼の喉仏がある。

男の人に抱きしめられるのは、これが生まれて初めてのこと。心臓が壊れそうなほどに高鳴って、体は緊張に強張った。

恋人なら、こんなふうに抱き合うことはきっと当たり前なんだよね？

そのうち、キスしたり、同じ布団で一緒に寝たりも……。

そう考えるとさらに緊張して、心臓が止まってしまいそうだ。

そんな私の様子に気づいた彼は、体を離すとクスリと大人の笑い方をする。

「抱きしめただけで、石のように固まってしまったね」

「ご、ごめんなさい……」

「謝らなくていい。私が有紀ちゃんに恋愛を教えてあげられるなら、とても嬉しいことです。色々と、少しずつ練習しよう」

『色々って……どんなこと？』とは聞けないけれど、頭の中に妄想が膨らんでしまい、たちまち顔全体が熱くなる。

今はまだ戸惑いの方が大きいが、期待がないわけではない。

揺れる心を抱える私の腕を取り、立ち上がらせてくれた桐島さんは、「報告に行こう」と穏やかな口調で私を誘った。

「誰にですか?」とキョトンとすれば、「大家さんの仏前にです」という答えが返ってきた。

彼が照れ隠しのような笑い方をして言う。

「有紀ちゃんとの交際を、大家さんに許してもらわなければ。どうにも後ろめたい思いを拭えず……」

桐島さんは、これまで私のことを、手を出してはいけない聖域のように感じていたそうで、彼の方としても恋愛対象に入れないように我慢していたらしい。

彼と出会った時、私はまだ十八歳だった。今はもうすぐ二十三歳になろうという大人だけど、その思いを引きずっているため、私の祖母を裏切るような罪悪感に似た思いがあるのだと、彼は正直に打ち明けてくれた。

居間の仏壇の前に並んで座った私たちは、祖母の位牌に手を合わせる。

私は祖母に、桐島さんと交際を始めることになったと心の中で報告し、それから隣を見れば、桐島さんはまだ目を閉じて祈っている最中であった。

その誠実そうな横顔に、私の中に安心感が広がっていく。

恋人としてどう振る舞えばいいのかわからないけれど、優しい彼にひとつひとつ教えてもらいながら、始まったばかりの関係を確かなものにしていきたい……。

遺影の祖母は、私たちを祝福してくれているような、穏やかな微笑みを浮かべていた。

大人な彼の恋愛指南

桐島さんと交際を始めてふた月ほどが経ち、咲き始めた紫陽花の花が六月の梅雨に濡れている。

時刻は七時十分。

階段の下から二階にいる桐島さんに聞こえるように「朝ご飯ですよー！」と声を張り上げた私は、お盆を手に居間へ入る。

座卓に炊き立てのご飯とあさりの味噌汁を並べて、それから醤油差しを出していないことに気づき、台所へ戻ろうとした。

階段を過ぎて、台所の暖簾を潜る手前で彼が階段を下りてきた足音を聞く。

私が振り向く前に後ろから抱きしめられて、心臓を跳ねらせたら、素敵な声を耳元で聞いた。

「おはよう、俺の可愛い有紀子」

桐島さんは、私へのちゃん付けをやめて、今は〝有紀子〟と呼ぶ。

その方が恋人らしい気がするので、私が頼んだことなのだが、砕けた話し方に変えたのは彼の意思である。

日本に住まうようになり、五年以上が経ち、自分の話し方が少々堅苦しいのではないかと最近気になっていたのだとか。

いい機会だから、家の中だけは砕けた話し方をして、自分のことを〝私〟ではなく、〝俺〟と呼んでみたいと交際開始後まもなくして言われ、私は密かに喜んだ。

距離が縮まった気がして嬉しくなり、彼が〝俺〟と言うたび、新鮮さにドキドキとときめく。私に対してだけの言葉遣い、というのも、胸が高鳴るポイントである。

「桐島さん、おはようございます……」

対して私はなにも変わっていないのだが、こうして抱きしめられることには慣れたように思う。

鼓動は忙しなく鳴り立て、照れくさいけれど、焦って逃げ出したくなるほどではない。

彼は恋愛初心者の私に合わせ、スキンシップを少しずつ濃いものにしてくれるから、ここまでの触れ合いを自然に受け入れられるようになった。

とはいっても、いまだにキスは未経験で、もちろん寝室も別。彼には申し訳ないが、私の場合、それらを受け入れるには、もう少し心の準備期間が必要みたい。

そう思いつつ、跳ねた鼓動がゆっくりと速度を落とすのを感じていたのに、今朝はこれで離してくれず、逞しい腕の中でくるりと体を反転させられた。

今度は正面から抱きしめられて、私の髪に彼の鼻先が埋められる。

浴衣の前合わせが緩いから、意図せずに私の唇が彼の鎖骨付近に触れてしまった。

浴衣越しに張りのある筋肉の質感も伝わってきて、私の顔はたちまち熱くなる。

桐島さんは左腕で私をしっかりと抱きながら、右手をゆっくりと上下させて私の背中をなまめかしく撫でる。

思わず「あっ……」と甘い声をあげたら、恥ずかしくて心の中は大忙しだ。

「どんな感じ？」と色気を含んだ声で囁かれて、返事に詰まる。

「心臓が壊れそうです……」と振り絞るように答えれば、「それは困るな」と真面目な声で言われ、彼は私を放してくれた。

なかなか抱擁の先に進めないことを、「ごめんなさい」ともじもじしながら謝る。

すると、「これについて謝るのはナシだと約束したよね？」とたしなめられた。

それから私の頭を撫でてくれて、「有紀子のウブなところも含めて愛してる。なにも問題はない」と灰青色の瞳が優しく細められた。

どうしよう。照れくさくて、どんな顔をしていいのかわからないよ……。

逸らした視線を仏壇のある居間へ向ける。

朝から桐島さんの愛情に浸って夢心地になりながら、『こんなに幸せでいいの？』と心の中で祖母に問いかけていた。


それから数時間が過ぎて、時刻は十二時になろうかというところである。

今年の冬に発売の新商品に関する企画会議が一時間ほどあり、それを終えた私は、皆が退室した後の会議室を片付けていた。

ここは三階の営業部の向かいにある、小会議室。ホワイトボードを消し終えて廊下に出たら、斜め向かいの営業部のドアからちょうど桐島さんが姿を現した。

桐島さんの方は私に気づいていない様子。

声をかけようとしたが、その前に、彼を追うようにして営業部から出てきた女性社員が「社長」と呼び止めた。

「申し訳ございません。もうひとつ、確認したい点が……」と彼女がなにかのファイルを開いて話し始めたので、私は小会議室のドア前で足を止めたまま、口を閉ざす。

立ち去れないのは、桐島さんに見惚れているせいである。彼を斜め後ろから見つめる私は、見慣れているはずのスーツ姿に、うっとりとため息を漏らしていた。

それは私だけではなく、他の社員も同じこと。廊下を行き交う数人の男女も、桐島さんに羨望の眼差しを向けているように見える。

足を止めている私の前を、他部署の女性社員がヒソヒソと話しながら通り過ぎる。

「眼福だよね」

「うん。テレビにイケメン俳優が出ていても、うちの社長の方がかっこいいと思っちゃう。きっと社長の彼女は女優並みの美女なんだろうね」

彼女たちの後ろ姿に視線を向けた私は、苦笑いして心の中で呟く。

ごめんなさい。社長の恋人は美女じゃなくて、私なんです……。

私たちの交際については、隠しているわけではないが、進んで報告することでもないので、社内で知っている人はいない。

恋人だという噂が広まって冷やかされでもしたら、どうしていいのかわからないし、このまま誰も知らないままでいいと私は思っていた。

けれども今、社長の恋人についての憶測を話していた彼女たちを呼び止め、『私が恋人なんです』と主張したくなった。

もちろんそれを実行する勇気はないけれど、『私の彼は素敵でしょ？』と自慢したくもなり、心には優越感に似た思いが込み上げる。

そんな心の変化にハッと気づいたら、慌てて首を横に振り、自分を戒める。

桐島さんが素敵なのは、彼の素質や功によるものであって、私はなにひとつ影響を及ぼしていない。それなのに自慢したくなるなんて、浅ましいことだ。

私、性格悪くなっちゃったのかな……。

営業部の女性と話し込んでいる桐島さんに、廊下の前方からもうひとり、女性社員が近づいてきて声をかける。

この後のスケジュールについて話す彼女は、社長付きの秘書の水上（みなかみ）さんだ。

営業部の女性社員も水上さんも、確か三十二、三歳だったように思う。ふたりとも落ち着いた大人の女性といった雰囲気で、ブランド物のお洒落なオフィススーツを素敵に着こなしていた。

彼女たちを見てから、自分の服装に視線を落とし、私は恥ずかしくなる。

今日はピンクベージュの膝丈フレアスカートに、襟元にリボンのついた半袖ブラウスを着ている。ナチュラルブラウンのストラップパンプスは、ヒールが二センチほどと低く、ハーフアップにした髪には花形の髪飾り。桐島さんに就職祝いに買ってもらった腕時計以外、全て安物で、アクセサリーはなく、全体的に子供っぽい印象だ。

そうだ、服装を変えれば、私も少しは大人びて見えるかもしれない……。

そんなことを考える私に桐島さんは気づくことなく、秘書の水上さんと並んで、廊下をエレベーターホールの方へと歩き出した。

どうやら急いでいるようで、その歩調は速く、すぐに私の視界から消えてしまった。

忙しそう……。

桐島さんは家で、私の仕事の相談にはのってくれるけど、彼自身の仕事の話はしない。それはもしかすると、私には理解できない難しい話になってしまうからなのかもしれない。

同じ会社に勤めていても、私と桐島さんの世界は違う。

彼が去った後の廊下に足を踏み出しながら、なぜか寂しい気持ちになっていた。

今日は三十分残業して、十八時半に退社した私は帰路に着く。

駅を出ても、まだ空は明るさを残し、薄紫と橙の二色に染められた雲が空に層をなしていた。

今は晴れているが、梅雨入りした東京の街にはそこかしこに雨の香りが漂っている。

足元の水たまりを避けて歩きつつ、頭の中で夕食の献立を考えていた私であったが、ふと目にしたファッションビルのショーウィンドウ前で足を止めた。

素敵な服……。

ショーウィンドウに飾られているのは、紺地に波打つ青いラインが大胆に入れられた、マキシ丈のオフショルダーワンピース。デザイン性だけでなく、襟ぐりが広くて露出度が少々高めである。

目を奪われている理由は、これを着たら私でも大人っぽく見えて、桐島さんに似合う女性になれるのではないかと思ったためだ。

けれども、期待はすぐに泡となり消えてしまう。

ワンピースの横にディスプレイされているハンドバッグのロゴは、世界的に有名な高級ファッションブランドのものである。

この店で私が買える服は一着もないと判断し、夢破れた心持ちでいた。

その時、誰かにポンと肩を叩かれた。

振り向けば桐島さんがいて、私は目を瞬かせる。

そういえば、まだ帰宅時間を知らせるメールが届いていなかったと思いつつ、いつもよりかなり早い帰宅となったわけを推測する。

「明日は早朝から出張ですか？」と思いついた理由を口にすれば、彼は静かに首を横に振った。

「今日はスケジュールを詰められそうだったから急いで仕事を片付けたんだ。有紀子と過ごす時間を少しでも長く取りたくてね」

その言葉に胸を熱くした私であったが、「今夜はたっぷり練習できる」と片目を瞑った彼に言われると、感激は吹き飛んで、恥ずかしさが込み上げた。

練習って、スキンシップのことだよね。今日はどんなことをするのかな……。

火照る頬を両手で押さえて照れる私をクスリと笑ってから、桐島さんがショーウィンドウに視線を移した。

「この服を見ていたね。着てみたいの？」と不思議そうに問われて、私はギクリとする。

きっと、これまで私が高級ブランド品に興味を示したことがないから、彼は疑問に思ったのだろう。

とっさに、「なんとなく見ていただけで、深い意味はないんです」とごまかそうとしたが、目を泳がせたことでなにかを隠していると気づかれてしまったようだ。

桐島さんの右手が、私の顎をすくう。

心臓を波打たせて彼を仰げば、目の奥を覗き込まれる。

優しく諭すような声で、「いつも君の気持ちを理解していたい。わけを話してごらん」と促された。

ごまかせそうにないみたい……。

観念した私は、今日の正午頃に営業部前の廊下で桐島さんを見かけ、その時に抱いた気持ちをたどたどしく打ち明ける。

すれ違った女性社員に、私が桐島さんの恋人だと自慢したくなったこと。

優越感が湧いて、即座にそれを戒めたこと。

それらを正直に説明して、「性格が悪くなったみたいです」と眉尻を下げれば、彼が吹き出した。

私はなにか、おかしなことを言っただろうかとキョトンとしたら、肩を揺するほどの笑いを収めた彼が、私の頭を撫でて言う。

「可愛い悩みだと思ってね。俺はとっくに有紀子のことを自慢しているよ」

「えっ⁉ 誰にですか？」

「ベルギーに住む親しい友人たちに」

桐島さんが言うには、私と交際を始めてすぐに、日本で最高の恋人を手に入れたと、学生時代からの友達数人にメールを送ったそうだ。私の写真までつけて。

それを聞いて、私は慌てた。

ベルギーの女性はきっと、エマさんのようにスラリと背が高く、パッチリと大きな瞳の美女が多いのではないだろうか。美人を見慣れている彼の友人が私の写真を見たら、桐島さんの女性の趣味を心配しそうな気がする。

私のことを可愛いと言ってくれる男性は、桐島さんの他には親戚と近所のおじさんくらいだもの。

うろたえる私の後ろに回った桐島さんは、私の肩を掴んでショーウィンドウに向き直らせた。

ガラスに映る私は特に褒めどころのない、地味で、少々子供っぽい顔立ちをしている。

私はそう思うのだが、ガラス越しに視線を合わせた彼は、笑顔で褒め言葉を並べてくれた。

「有紀子はもっと自分に自信を持った方がいい。つぶらな瞳に、柔らかそうな唇と桜色の頬。俺も友人たちも皆、君を愛らしいと感じているよ。純粋さが容姿にも表れていて、守ってあげたくなる」

真っ赤な顔をして恥ずかしがる私が、ショーウィンドウに映っていた。

桐島さんの言葉が嬉しくて、勇気づけられる思いでいる。

けれども、『守ってあげたくなる』との言葉には、幼く見られている気がして引っかかりを感じてしまう。

そう思うのは、大人っぽくなりたいという願望を抱いているためだろう。

桐島さんと話していた秘書の水上さんや営業部の女性社員を目撃したからなのか、今日の午後はそれをいつもより強く感じていたのだ。

隠さず正直にその気持ちを打ち明ければ、「なるほど。だからこの服を見ていたのか」と、やっと腑に落ちたように桐島さんが頷いた。

ニッコリと弧を描く灰青色の瞳。

「それなら着てみればいい。買ってあげるよ」と彼が私の肩を抱く。そして、ファッションビルの入口に向かおうとするから、私は慌てた。

「そんなつもりで言ったんじゃないんです！　記念日でもないのに、こんな高価な服を買ってもらうわけには――」

拒否の言葉は途中で遮られる。

「交際二カ月記念日だ」と楽しそうに言った彼は、いつになく強引に私を連れて、高級ブランドのブティックに足を踏み入れた。

「いらっしゃいませ」と上品な笑顔で対応してくれるのは、この店の服を上手に着こなしているスタイルのよい女性店員である。

気後れと緊張で体を硬くする私に対し、桐島さんはごく自然な口調で店員に希望を伝えた。

「私の恋人に、ショーウィンドウに飾られているワンピースと、他に何点か似合う服を見繕ってください。大人っぽい印象のものがいい」

「かしこまりました」と言って、店内の中央にあるハンガーラックの方へ歩き出した店員。

一瞬だけ見えたその横顔は、なにかを考えているように微かにしかめられていた。

服のチョイスを悩んでいるだけならいいけれど、桐島さんが私のことを恋人と言ったから、そこに疑問を持たれたのではないかと勘ぐってしまう。

素敵な大人の男性である桐島さんの恋人が、貧相な小娘の私であることを不思議に思われても仕方ない。そこに腹を立てたりしないけれど、店員の反応を見て、ブランド物を買ってもらうことへの遠慮は薄らぎ、代わりに是が非でもこの店の服を着なければ……という挑戦的な気持ちが湧いてきた。

服装を変えれば、私だって少しは大人っぽく見えるはず……。

店員の彼女は、何点かの商品を選んで持ってくると、私を試着室に案内した。

そこは三畳ほどのゆったりとした広さの個室で、藍色のカーペットが敷かれ、大きな姿見が壁の三面についている。

まず最初に渡されたのは、ショーウィンドウに飾られていたあのワンピースだ。

それを試着して鏡を見た私は、顔を曇らせる。

大胆な柄が地味顔の私には似合わないし、デザインも体型に合っていない。百五十五センチの私が着ると、裾が床についてしまう。

私がこれを着て歩くには、五センチ以上のハイヒールが必要であると思われた。

頭の中に、慣れないパンプスを履いて、よろけて転ぶ自分の姿を思い描いてしまう。

この服は無理かも……。

ドアの外からは「いかがですか?」と問いかける店員の声がする。

ドアを三分の一だけ開けて顔を覗かせた私は、「あの、これはちょっと……他のものを」と恥ずかしく思いながら、体を隠すようにしてお願いした。

店員の横には桐島さんが立っていて、チラリと見えた私のワンピース姿に首を傾げている。彼も似合わないと思っているのだろう。

その反応に恥ずかしさが増して、私の頬はさらに熱くなった。

続いて渡されたのは、黒い膝下丈のタイトスカートで、ウエスト付近に白いレースで編んだ花飾りがあしらわれたエレガントな印象のものだ。トップスはホルダーネックで、袖のない白のシフォンブラウス。

これなら小柄な私でも着こなせるのではないかと思ったが、試着すると、またしても似合わないという感想を持った。

背伸びをしたい年頃の少女が、こっそり姉の服を借りて、着てみたような気分になってしまう……。

ドアを少し開けた私は、店員に次の服を要求する。

桐島さんの反応は先ほどと同じで、無言で首を傾げるのみ。

お世辞にも似合うと言えないのだろう。

このままでは幻滅されてしまうと焦り始めた私は、次々と試着を繰り返し、八回目でとうとう諦めた。

今着ているのは、体にフィットする足首丈の黒いワンピース。胸より上の生地が透けていて、スカートにはスリットが入り、服だけ見るとセクシーだ。

それが、私が着れば、色気よりも違和感が強く出てしまう。

大人っぽい印象のものをと注文をつけたから、この服を持ってきてくれたのだろうけれど、私は黒い服もセクシーな服も似合わないと気づくに終わった。

もう、ドアの陰に隠れる気力もなく、その姿のままで私は試着室を出て、桐島さんの前に立つ。

「あの、私が着ると、こんな感じになってしまいます……」

俯いてゴニョゴニョと話せば、彼が「んー」と唸るような声を出した。

「試着した服を全て買う気でいたけど、やめるよ」

「そうなりますよね……」

桐島さんはきっと、ただの一点も着こなせない私に呆れたに違いない。

そう思い、顔を上げられずにいたら、彼が後ろに振り向いて歩き出した。

私を置いて帰りたくなるほどに残念がらせたのかと焦ったが、そうではないみたい。

彼はハンガーラックの前に立ち、一着のワンピースを選んで手に取ると、私のところへ戻ってくる。優しい笑みを浮かべ、それを私に手渡して言った。

「有紀子にはこれが似合いそうだ。タイトな黒い服より、俺はこれを着てほしい」

そのワンピースはハイウエストのノースリーブで、膝下丈のスカート生地がふんわりと軽やかに広がっている。淡い水色の生地には水彩画のようなタッチの紫陽花が控えめにプリントされていて、着物の柄のような味わいもある。

「あ、素敵……」

ひと目で気に入った私に、「着てごらん」と彼は瞳を細める。

頷いた私は再度試着室に入り、似合わない黒いワンピースを脱いで、それに着替える。

鏡に映る自分を見れば、落ち込みから一転して、パッと花が咲くような喜びが広がった。

生地の柄もデザインも、自分に合っている気がして、しっくりと馴染む。

期待していた大人びた印象にはならないが、無理して似合わない服を着るよりは、可愛く見えそうだ。

なにより、桐島さんが選んでくれた服だから、私はこれがすごく欲しい……。

試着室を出れば、店員が「よくお似合いです」と褒めてくれた。

それはお世辞ではなさそうで、ホッとしているような目元を見ると、私の服選びにプレッシャーを感じていたようである。

大人っぽい印象にと、無理な注文をつけてしまい、申し訳ない。

桐島さんは「とても素敵だ」と満足そうな笑みを浮かべていて、私は照れくささに顔を火照らせながらも、温かな喜びに浸っていた。

それから十数分後。

そのワンピースを着たまま店を出て、桐島さんと並んで紫陽花荘に向かう。

街にはすっかり夜の帳が降りて、ネオン輝く繁華街に浮かぶ月は霞んで見えた。

買ってもらったのはこの服だけでない。ワンピースに合わせたローヒールの可愛らしいデザインのパンプスとハンドバッグも。

その値段に気後れしている私に彼は片目を瞑り、『恋人が美しくなることに金を惜しまないよ』とセレブなことを言った。

桐島さんが裕福であることは、紫陽花荘を小切手でポンと買ってしまった時からわかっているけれど、贅沢を好む人ではないことも知っている。彼の部屋には、必要最低限の私物しか置かれていないからだ。

「桐島さんは、自分のものを買わないようにしているんですか？」と問えば、繁華街から脇道に入り、一段階暗くなった細道に歩を進める彼が、柔らかい口調で否定する。

「そんなことはないよ。衝動買いしてしまう時もある。スーツやネクタイ、靴は店を開けるほどに溜まっているから、いつかアレを整理しないといけないな」

「え……？」

おかしな返事に、私は首を傾げる。

そんなに大量の服を、あの六畳間に納めることはできないよね……？

その問いを投げかければ、驚くことをサラリと説明された。

「紫陽花荘の他に、ひと部屋所有しているんだ。すぐ裏にあるマンションの２ＬＤＫだよ。紫陽花荘に入りきらない私物を保管する倉庫として使っている。言ってなかったかな」

「えぇっ⁉」

初めて聞いた事実に驚きつつも、妙に納得していた。

桐島さんはいつも同じスーツを着ているわけじゃない。靴だって、新調したのかな？と思うことがたびたびあった。いくら収納上手な人でも、押入れひとつにしまうには無理がある。

分譲マンションを持っていても、紫陽花荘に住みたいと思ったわけは、日本的な味わいのある古い建物や祖母の手料理、他の下宿人たちとの語らい、そういったものが好きだったからに違いない。

桐島さんが紫陽花荘での暮らしを選んだ理由を推測し、「そうですよね？」としたり顔で口にすれば、彼は挑戦的な目をして「もうひとつある」と言った。

「有紀子がいたからだ。君は覚えているかな。五年前――」

彼が紫陽花荘に部屋を借りたいとやってきた時、私はまだ高校生だった。

あれは確か、夕暮れ前の時間。祖母が食料品の買い物に出かけていたため、私が桐島さんを居間に通してお茶を出した。彼の容姿から外国の人だと思い込み、緊張しつつも、あれこれとお茶受けを座卓に並べて、精一杯もてなそうとしたのだ。祖母が好きな駅前の和菓子屋、水無月堂の豆大福に黒糖饅頭。ご近所の乾物屋からいただいた塩昆布と干し椎茸の佃煮、祖母自慢のぬか漬けに、朝食の残りのイワシの甘露煮まで出した気がする。

それでもなかなか祖母が帰ってこないので、お待たせして申し訳ないという気持ちから、お握りと味噌汁まで作って桐島さんに食べてもらい、水たまりの泥水が少々跳ねていた彼の革靴を磨いた。

すると、桐島さんが玄関先まで出てきて、『そんなに気を使わなくていいですよ。私の隣に座って話し相手になってください』と優しく笑って言ったのだ。

五年前と今の彼が重なって見えた時、ちょうど紫陽花荘の玄関前に着いた。

桐島さんとの五年分の思い出が私の中を流れて、鍵を開けることも忘れ、しみじみとした気持ちで彼を見つめる。

桐島さんも玄関の引き戸を開けようとせず、感慨深げな顔をして私の方に向き直ると、大きな手で私の頭を撫でた。

「おそらく俺は、あの時に有紀子を好きになったのだろう。純朴で一生懸命。けなげに働く君が美しく輝いて見えた。けれども、セーラー服を着た君に手を出してはいけないと思ったから、恋慕の感情を自覚する前に胸の奥底に押し込め、気づかないふりをしていたんだ」

初めて出会った時から、すでに私に惹かれていたとは、嬉しい驚きである。

桐島さんの深い愛情を感じて胸が熱くなり、瞳が潤んだ。

高鳴る鼓動の中、感激に浸る私に彼は、「だから」と語気を強め、言い聞かせるように続きを話し出す。

「大人っぽくなろうと悩む必要も、無理をする必要もない。有紀子はそのままでいいんだよ」

誠実そうな灰青色の瞳と、彼に買ってもらったこの服に視線を往復させ、私は頷いた。

もう背伸びはしない。自分らしくいよう。

今回のことでそう思うようになったけれど、「でも……」と彼に意見する。

「無理のない範囲での成長は必要だと思うんです。今の自分より、明日の自分が好きになれるように、私は頑張りたいんです」

桐島さんの優しさに甘えて、なんの努力もしなければ、女性としての進歩はない。自分を磨いて、いつか彼に相応しいと言われるような素敵な女性になりたいという気持ちは消せないのだ。

両手を握りしめて、それを力説したら、目を伏せた彼がクスリと意味ありげな笑い方をする。

「それなら、少し頑張ってもらおうか」

「はい！」と元気に答えた次の瞬間、私は驚きに目を見開いた。

ブランド店の紙袋と通勤鞄を足元の石畳に置いた彼が、左腕で私の腰を強く引き寄せたのだ。

右手は私の後ろ髪に潜り込み、私が逃げないようにと頭を固定する。彼の瞳に蠱惑的な色が灯されるのを見たのと同時に、唇が重なった。

優しく押し当てられた彼の唇は、私の唇の感触を楽しむかのようにゆっくりと左右に動き、数秒して離される。

拘束も解かれ、半歩の距離を置いて向かい合う彼は嬉しそうな笑みを浮かべているが、すぐに戸惑いの表情に変わる。

「有紀子……？」と心配そうに問いかけられた。

私は頭の中が真っ白になり、呼吸することも忘れて呆然と彼を見つめている。

もしかすると、鼓動まで止まっているかもしれない。

今のは、キス、だよね……？　どうしよう……恥ずかしくてたまらない！

頭が働き始めると、顔から火が出そうに熱くなる。

その後には、お風呂でのぼせたように体がふらつき、足から力が抜けていった。

腰砕けになった私を、桐島さんが両腕で支えて慌てている。

「すまない！　不意打ちのキスは君への負担が大きすぎた。次は言ってからにするよ」

『そうしてください……』と心の中で呟いた私は、『キスしよう』と言われて目を閉じる自分を想像する。

すると、それも私にはかなり刺激的で、動悸はさらに激しさを増してしまった。

いつかは恋人として彼と結ばれたいという思いはあるけれど、この調子ではいつになるのか。

あまり長い先ではありませんように……と、彼のスーツにしがみつきながら願っていた。

七月に入り、暑さは厳しさを増す。

蝉の声が聞こえる裏庭の紫陽花は、赤紫、紫、水色とグラデーションをつけて、今が盛りと咲き誇っている。

ビルの隙間から差し込む朝日に照らされた裏庭で、私は紫陽花の枝に鋏を入れている。三色の紫陽花の花を切り、ガラスの花瓶に入れて仏壇に供えた。

おばあちゃん、今年も綺麗に咲いたよ。嬉しいね……。

今日は金曜日で、出勤までには、まだ一時間ほどの余裕がある。

桐島さんは三日前からベルギー社に出張中で、明日まで帰らない。

自分ひとりのために手の込んだ朝食を作る気にはなれず、サッとお茶漬けで済ませたため、出勤前の時間を持て余していた。

それで、掃除機やモップに布巾などの掃除道具を携えて、二階へ上がる。

桐島さんの部屋に出入りする許可は得ているので、躊躇（ちゅうちょ）なく南東の角部屋に入り、掃除を始めた。

いつものことながら無駄な物が一切ない、すっきりと片付いた部屋は、丸い座卓と窓ガラスを拭いて、掃除機をかければすぐに掃除は終わる。

そこを出て、次は廊下を挟んだ向かいの六畳間のドアを開けた。

　すると、そこはまるで、観光地の土産物屋のよう……。

　先月、裏のマンションのひと部屋を、桐島さんが倉庫代わりに使っていると知って、私は、二階の空き部屋に物を移動させてはどうかと提案した。必要な物をいちいち取りに行くのは、面倒だろうと考えて。

『そうだね』と同意した彼が休日に少しずつ物を運んだ結果、スーツやネクタイ、革靴が大量に収納されている部屋もあれば、このように彼のコレクションで溢れている部屋もある。

　壁際には、四段の木製ラックが並び、部屋の中央にはお店にあるような陳列台がふたつ置かれている。そこに飾られているのは、大小様々な招き猫や日本各地のこけし、福助人形に赤べこの首振り人形、七福神や信楽焼の狸の置物など、その数二百点ほど。とりわけ、こけしが多いように見える。

　桐島さんが和風のものを好むとは知っていたけれど、まさかこんなに飾り物を収集しているなんて……。

　この部屋に入るのは五度目だが、今日もまだ新鮮な驚きの中にいた。

　ひと通り眺めてから、桐島さんの大事なコレクションを傷つけないよう注意を払い、ハンディモップで慎重にほこりを払っていった。

するとふと一体のこけしと目が合う。肩までの黒髪に、控えめでつぶらな瞳をして、頬は赤く、おちょぼ口な少女のこけしである。

その顔は私と似ている気がして、掃除の手を止め、じっと見入った。

桐島さんは、よく私のことを可愛いと褒めてくれるけど、それはお世辞でも気遣いでもなく、どうやら彼の本心のようだ。この部屋を見てわかるように、彼が収集したくなるほどに好み、可愛いと思うものはこけしなのだから。

その気づきにクスクスとひとり笑いをして、地味な顔立ちに生まれたことを感謝していた。

大勢に美人だと評価されるより、私は愛するたったひとりの男性に可愛いと思われたい……。

ところが。

それから五時間ほどが経ち、私はにわかに信じがたい事態に陥っていた。

ここは営業部の向かいにある、小会議室。

今はお昼休み時間に入ったところで、自分で作ったお弁当を自席で食べていた私を内線電話で呼び出したのは、広報部の男性社員である。

彼の名前は一本気さん。二十八歳で、男らしく整った顔立ちをしており、女性社員に人気があるという噂をチラリと耳にしたことがあった。

その彼が、他に誰もいない会議室のドア前で私と向かい合い、「付き合って」と交際を申し込んでいるのだ。驚かないわけにいかない。

「あの、わ、私に言ってるんですか？」

「そうだよ。他に誰がいるんだよ。小川さんが好きなんだ。俺と付き合って」

一本気さんとは、アイスクリームのパッケージを製作していた時に、数回会議で顔を合わせ、仕事上の会話を交わしただけの希薄な関係である。

もしかして、彼もこけし収集が趣味なのだろうか……と思いつつ、驚きからやっと回復した頭で、断りの台詞を考えて口にする。

「三カ月ほど前から、お付き合いしている方がいるんです。一本気さんのお気持ちはとても嬉しいのですが……すみません」

告白を断るなどということは、人生初めての経験である。おかしな断り方ではなかったか、彼は傷ついていないかと気にしつつ、下げた頭を戻したら、腕組みをしてじっと私を見据える彼に「嘘だね」と言われた。「小川さんに彼氏はいない。過去も現在も」と強気な口調で断言されて、私はうろたえる。

それは、私が男性にもてないと思っての決めつけなの……？

確かにそうかもしれないけど、私に桐島さんという恋人がいるのは事実なのに、どうしたら信じてもらえるのだろう。

モルディの社員である一本気さんに、社長である桐島さんとの交際を打ち明けるのは、恥ずかしくて気が引ける。ここが発端となり、社内で噂になるのも嫌だ。

それに、私に交際相手がいないと決めつける彼ならば、たとえ桐島さんとのツーショット写真を見せたとしても、信じてくれないような気もする。

困り顔をする私に強気な視線を向ける彼は、説得するように言葉を重ねる。

「急なことで戸惑っているのかもしれないが、嘘をつかずに真剣に考えてほしい。俺は真面目な気持ちで小川さんに告白しているんだ」

からかってやろうと企んでの告白だとは思っていない。私はただ、信じてもらえないことに困っているんです……。

どうしようと頭を悩ませる私は、別の角度からの断りを試みる。

「私はそんなふうに言ってもらえるようないい女じゃないですよ。一本気さんは女性社員の人気が高いと聞きました。一本気さんに相応しい綺麗な女性を選んだ方が……」

この会社には見目好い若い女性がたくさんいるのだから、そちらに目を向けてほしい。

　そう願って意見したのだが、鼻で笑われてしまう。

　一本気さんは、社内で美人だと評判の女性数人の名前を列挙し、「俺は彼女たちに魅力を感じないんだ。まったく好みではない」と言い切った。

　私の中に再び湧き上がる、こけし収集疑惑。

「あの、一本気さんの好みの女性とは……？」と恐る恐る確認してみると、彼がほんの少し頬を染めて、私から視線を外した。

　私は胸の前で両手を振り、「言いにくいことなら、いいです」と気遣ったが、「いや、答えるよ。小川さんに納得してもらわないと、俺の本気が伝わらないだろ」と真面目な返事をされた。

　頬の赤みはそのままに、私に視線を戻した彼は、はっきりとした口調で説明してくれる。

「男性経験がないこと。それが交際相手に求める条件なんだ。だから、小川さんに惹かれてる。まだ男を知らないだろ？　隠しても無駄だよ。俺はそういうの、昔から匂いでわかるんだ」

　思いがけず、彼の性癖を聞かされた私は、目を丸くして絶句する。

彼が処女にしか興味がないということよりも、匂いでわかると言われたことにショックを受け、自分の手の甲や腕を嗅いでしまう。

処女の匂いって、どんなもの……？

私の衝撃や動揺を感じ取った様子の彼は、いささか正直すぎたと後悔したのか、ばつの悪そうな顔をする。そして、この妙な空気を打ち消すように、「とにかく」と語気を強めた。

「俺は小川さんが好きだ。一度断られたくらいで諦めることはない。振り向いてくれるまで何度でも告白するから」

それは困ります……と心の中で呟く私を残し、彼は先に会議室から出ていった。

閉められたドアの外で、彼の足音が遠ざかり聞こえなくなったら、私は思い出したように大きく息を吐き出した。

「びっくりした……」

こんな私を好む人が、桐島さんの他にもいたとは、真夏に雪が降るほど予想外だ。

その好意をありがたいと喜べないのは、何度でも告白すると言われたせいと、他にもうひとつ。

一本気さんは正直でまっすぐな人だけど、ちょっと変わったところがあるみたい……。

苦手意識が芽生えたのを感じつつ、お弁当の続きを食べるべく、私も小会議室を後にした。


翌日は土曜日。

昨夜、出張中の桐島さんから今日の十六時頃に紫陽花荘に帰るとの連絡を受け、ソワソワと落ち着かない時間を過ごしていた。

まだ十二時を過ぎたばかりだけど、早く会いたい……。

たった五日離れていただけなのに、彼の不在を強く感じて寂しさを覚える。

それを紛らわすために、あちこち掃除をした結果、年末の大掃除のように家中がピカピカに磨き上げられた。

桐島さんのことばかり考えていると、うっかりミスも起きる。

早くも夕食の下ごしらえを始めようと台所に入った私は、流し台のカゴの洗い終えた食器を見て、目を瞬かせた。

あれ、私、昨日のお弁当箱をどうしたかな……。

洗った記憶がなく、通勤バッグの中に入れっぱなしにしていたかと急いで玄関へ行く。

ふたり暮らしにしては大きすぎる木目の靴箱の横に、通勤用の無地のショルダーバッグが置いてある。その中を探ったが、お弁当箱は見当たらず、会社に忘れてきてしまったのだと気づいた。

どうしよう。

月曜日までそのままにしておけば、臭くなって洗うのが嫌になりそう……。

迷った結果、今から取りに行くことにする。

簡単な化粧をして、ショルダーバッグを持った私は、玄関の引き戸を開けて蒸し暑い夏空の下に出ていった。


それから二十分ほどして、社屋前にたどり着く。

大きな総合ビルの二階から四階は、モルディジャパンがオフィスとして占有しており、それより上の階は様々な職種の会社が使用している。一階はモルディの直営店と、携帯電話のキャリアショップだ。

モルディの直営店は入口からして高級感が漂い、ダークブラウンと金を基調とした落ち着いた印象の店内には、宝石店のように美しくチョコレートがディスプレイされている。

数あるモルディチョコレートの販売店の中で、ここだけは喫茶スペースを設けているのが特徴的。チョコレートを主役としたケーキやパフェ、ワッフルなど、虜(とりこ)になる絶品スイーツを楽しめるのだが、ただし値段が高い。ガトーショコラがひと皿二千円という高価格のため、利用客は富裕層に限られてしまう。

高級感がモルディの売りであるため、それは仕方ないことだが、私としてはもっと多くの人に気軽にモルディチョコレートを味わってもらいたいという希望を密かに持っていた。

そういう私は富裕層ではないけれど、月に一度、この直営店に立ち寄っている。

社員は半額で商品を購入できるという特権があるので、給料日の後に、ひとりでこっそりとチョコレートケーキと紅茶を楽しんでいるのだ。

今日は給料日後ではなく、お弁当箱を取りに来ただけなので、歩道に面している店舗を素通りして、ビルのエントランスへと向かう。

すると、前方から歩いてきた若い女性に、「有紀？」と呼びかけられた。

彼女は焦げ茶色の長い髪をお洒落に結い上げて今風のメイクをし、はっきりとした顔立ちをしている。

誰だろうと考えてしまったが、頭の中で彼女のメイクを落としていくと、高校時代の級友であることに気づいた。

「わっ、亜美ちゃん！　久しぶりだね」

彼女の名前は、尾畑亜美。大人しくて目立たない存在の私と違い、いつも明るく元気で、男女問わず人気者であった。

私たちは一緒にお弁当を食べるグループが違ったけれど、小川と尾畑で出席番号が続いていたため、会話する機会が割と多かったように思う。

卒業して以来初めて会うので、実に五年ぶりである。

懐かしさに嬉しくなった私の心には、パッと花が咲いた。

再会を興奮気味に喜び合った後は、どこかでお茶をしないかと誘われた。

亜美ちゃんはこのビルの携帯電話ショップに用があったらしく、それが終わったのでこの後の予定はないという。

私も桐島さんの帰宅時間まで三時間以上の余裕があるため、喜んで誘いに乗った。

ちょうどモルディの直営店の前にいるので、「ここはどう？」と提案した。

すると彼女は慌てたように首を横に振って、私に耳打ちする。

「この店、モルディだよ。すっごく高いの知らないの？　客はセレブばかりで、私たちには無理だよ」

「あ、あのね……」

モルディの社員であることと、私がまとめて会計すれば半額で済むことを説明したら、「いいところに就職したね！」と驚かれる。

それから、「あれ？　有紀はアルバイトしながら下宿屋の手伝いしてるって、香織が言ってたけど」と、別の級友の名前を挙げて首を傾げられた。

「うん、去年まではね。その話も中でしようよ。ここ、暑くて……」

ギラギラとした日差しが肌を刺す。いつまでも日向にいては、チョコレートクッキーのように、こんがりと焼かれてしまいそうだ。

ガラスの開き戸から店舗の中に入った私たちは、奥の喫茶スペースへ。

そこは店内の三分の一ほどを占めていて、椅子が四脚のテーブル席が八つある。

窓際のテーブルしか空いていなかったが、レースのカーテン越しの日差しは柔らかく、冷房の効いた店内は、どの席でも居心地よさそうな気がした。

肘掛け付きの布張り椅子は西洋のお城にあるような豪華さで、私の正面に座る亜美ちゃんは口の横に片手を添えて、囁くように言う。

「贈り物のチョコレートを買いに来たことはあるけど、ここに座るの初めて。私たち大丈夫？　浮いてない？」

その言葉で周囲の客を見ると、セレブな装いをした中年の女性客が多いようだ。

気後れしているような亜美ちゃんだけど、ファッション雑誌に出てきそうなお洒落な服を着ているし、持っているハンドバッグも有名ブランドのものである。モルディでお茶を楽しむことに違和感はないように思えた。

浮いているとしたら、それはたぶん、私ひとり。

薄化粧に、髪はひとつに束ねただけで、アクセサリーはなし。ミントグリーンの半袖ブラウスは綿素材で、紺色の膝下丈スカートは綿とポリエステルの混合だ。

どちらもお出かけ用ではなく、家の中でよく着ている安物である。加えて、無地の革のショルダーバッグは通勤用で、少々よれていた。

自分の姿を確認して、もう少しおめかししてくればよかったと思ったが、お弁当箱を取りに来ただけで寄り道するつもりはなかったため、仕方ない。

それに、月に一度、ここを利用している私の顔を覚えてくれている店員の女性が、

「今日はお友達といらっしゃったんですね。ご注文はお決まりですか？」と素敵な笑顔で対応してくれるから、場違いだという気持ちにはならなかった。

私はガトーショコラとアイスティー、亜美ちゃんは三種のベリーとチョコレートの

パフェを注文する。

店員が離れても、まだキョロキョロと落ち着かない様子の彼女は、「ここのスタッフ、美人だね。みんなモルディの社員なの?」と私に問いかけた。

水をひと口飲んだ私は、それに対して首を横に振る。

「社員は店舗マネージャーと、もうひとりだけだよ。他の人はアルバイトだと思う」

販売店のスタッフはアルバイトがほとんどなのだが、時給は高めでやめる人は少なく、滅多に求人募集はないと聞いたことがある。

それを説明すると亜美ちゃんが少し考えてから、私とは違う意見を口にする。

「モルディは誰もが知っている会社だよ。お洒落だし、アルバイトでもいいから働きたいという理由かもしれないよ。社員に採用されるのはかなり難しそう。有紀、よくここに就職できたね。勉強はできる方だったけど、高卒なのに」

不思議そうに首を傾げる彼女の目には、嫌みや非難の気持ちは感じられない。友達だから、歯に衣着せぬ言い方で、疑問を率直にぶつけてくれるのだ。

高校時代に戻ったような感じがして嬉しく思いつつ、その質問に関しては「運がよかったみたい」と笑ってごまかした。

桐島さんは、モルディの採用条件に学歴は関係なく、私の能力が買われての合格だと言ってくれたけど、それをそのまま受け取ることはできない。私の名前こそ出さなくても、こういう人材が欲しいという希望を、私の採用試験前に面接官に話していたそうだから。

それは私の特徴に合致していて、やはり桐島さんの力添えなくしては、採用されなかったように思う。

桐島さんのことを知らない亜美ちゃんに、そこまで話すのはためらわれた。勤務先の社長と一緒に暮らしているとは口にしづらいし、冗談だと思われそうな気もする。それに、ここは社内のようなものなので、店員に会話を聞かれでもしたら、噂が広まるかもしれない。

それで曖昧に受け流し、「亜美ちゃんは？」と話題を彼女のことに変えた。

そこからは、運ばれてきたスイーツを食べながら聞き役に徹する。亜美ちゃんの大学生活と大手広告代理店の下請け会社に就職した話を聞いて、しっとりとした深い味わいのガトーショコラを楽しんだら、あっという間に四十分が経過した。

「ご馳走様でした」と空になった皿に向けて手を合わせると、彼女がクスクスと笑う。

「有紀の〝いただきます、ご馳走様〟の合掌、懐かしい。ちっとも変わらないね。なんか安心する」

テーブルに頬杖をついた彼女にじっと見つめられて、私の頬は熱くなる。

「セーラー服、まだ着れるんじゃない?」とからかわれもして、さらに恥ずかしい気持ちになった。

私だって少しは成長しているつもりだけど……という反論は心の中だけで。

「亜美ちゃんは綺麗になったね。高校の時も可愛かったけど、今はもっと。メイクも上手で羨ましい」と彼女を褒めた。

それはお世辞ではなく、本心である。声をかけてくれなかったら、私からは気づけなかったと思うほどに彼女は綺麗になった。

すると、「努力したもの。これのために」と胸を張るように背筋を伸ばした彼女が、得意げに微笑んで、顔の横に左手の甲を掲げる。

彼女の左手の薬指には小粒ダイヤの指輪が輝いていて、私は「あっ」と驚きの声をあげた。

「結婚したの!?」と問えば、「それはまだ。来年かな。今は婚約中なんだ」と嬉しそうに教えてくれる。

「私の彼、誰だと思う?」と聞く彼女は、まるで私がその人を知っているような口振りである。

ワクワクと胸を高鳴らせて「わからないよ。誰なの？」と問い返せば、「梶原先輩だよ」と教えてくれる赤い唇が、自慢げにつり上がった。「有紀も覚えてるでしょ？」と、驚きを期待するような顔で言われたけれど……私はピンとこない。

「ごめんね。梶原先輩って、誰だったかな……？」

「えっ⁉　なんで覚えてないの？」と少々気分を害した様子の亜美ちゃんが、スマホを出して婚約者の写真を私に見せてくれた。

　小麦色の肌をして、眉がキリッとした男らしい面立ちの青年が、白い歯を見せて笑っている。背景はどこかの海で、黒いウェットスーツを着て、サーフボードらしきものが写真の端に写り込んでいる。

　サーファーなのだと理解しつつ、そういえば高校時代にもスポーツで有名な先輩がいたという記憶が、おぼろげに思い出された。

　私が高校一年生の時、三年生に素敵な先輩がいると、女子たちが騒いでいた。バスケットボール部のエースで、東京都の選抜メンバーにも選ばれたと聞いた気がする。バレンタインデーには、大きな紙袋三つ分ものチョコレートをもらっていたという武勇伝も、校内では有名であった。

　そうだ。あの噂の人が、梶原先輩だ。

当時の私は勉強と下宿屋の手伝い、コンビニのアルバイトに忙しく、恋愛を考える余裕も、梶原先輩に憧れている暇もなかった。そのため彼に関する記憶は、写真を見せられてもこの程度しか思い出せないくらいに薄れている。

自慢の彼を覚えていないと言われて口を尖らせている亜美ちゃんに、私は慌てて「思い出したよ！」と伝えた。

「バスケ部で女子に大人気だった梶原先輩だよね。私、まったく接点がなかったから、なかなか思い出せなくてごめんね。亜美ちゃんは先輩と仲がよかったの？」

私が彼を褒めると、彼女は笑顔を取り戻してくれた。

高校時代は彼のファンに過ぎず、試合の応援にかこつけて少し会話する程度の関係だったそうだ。それが、彼と同じ大学に入学し、バスケットボールサークルのマネージャーになったことで親しくなる。交際を始めたのは二年前で、先月プロポーズされたという話を嬉しそうに聞かせてくれた。

友達が幸せだと、私も温かな気持ちになる。「おめでとう。よかったね」と心から祝福すれば、「彼、モテるから、ライバルを蹴散らすのが大変だったんだよ。やっと手に入れたって感じ」と言った彼女が満足げに微笑んだ。

それから、「有紀は？」と問われる。

「付き合ってる人、いないの？」

「私は、ええと……」

桐島さんの名前をここでは出せないので、どう話そうかと言い淀んでいたら、恋人はいないと受け取られてしまう。

スマホを操作する彼女が、「梶原先輩の友達、紹介してあげるよ。見た目は彼の引き立て役って感じなんだけど、真面目でいい会社に勤めてる。有紀と合いそう」と言い出した。「向こうの予定、聞いてみるね」と、私とその人を引き合わせようとするから、慌てて止める。

「私にも恋人がいるの！」

椅子から腰を浮かしてそう言えば、声が大きくなってしまったため、周囲の数人の視線がこちらに向いた。

「す、すみません……」と顔を熱くして座り直し、小柄な体をさらに小さくする。

迷惑そうな視線からはすぐに解放されたが、ホッとすることはできず、亜美ちゃんに困らされる。

「彼氏いるんだ。勘違いしてごめん。どんな人？」

店員に聞かれる心配をして、落ち着きなく店内に視線を配りつつ、「会社の人……」と私は小声で答えた。

「部署が同じなの？」

「違うよ」

「いつから付き合ってるの？」

次々と質問をぶつけられて、心の中では勘弁してほしいと思いながらも、人物が特定されない程度の返事をする。

年齢を問われて「三十代」と言葉少なに答えたら、亜美ちゃんが小さなため息をついてから、真面目な顔をして諭すように言った。

「彼氏がいるというのは、紹介を断るための口実なんでしょ？　目が泳いでるし、返事に困ってるもの。有紀が奥手なのはわかってるけど、そろそろ出会いを求めて動かないと。そんなふうだと、二十代なんか、あっという間に終わっちゃうから」

亜美ちゃんは、私の態度から、交際相手がいるという話は嘘だと判断したようだ。そして、今から積極的に行動しないと婚期を逃すと力説し、私にいい結婚相手を見つけるためのアドバイスをしてくれる。

それは数人と交際して、男性を見る目を養うということだ。

彼女は梶原先輩と交際する前に、三人の男性と交際経験があるのだそう。

その三人と比較して、梶原先輩の容姿、性格、収入や将来性などの条件がよかったから、早い結婚話にも喜んでOKしたのだとか。

　高校時代に憧れていた先輩だから……ということだけではないらしい。

二十三歳の私が彼女のような道筋をたどり、ゴールインするまでには短くても五、六年はかかるだろうと彼女は予測し、「時間がないよ。引っ込み思案の奥手はもう卒業しないと！」と私を叱咤激励した。

　私より、亜美ちゃんの方が弁が立つ。高校生の時も、彼女が楽しそうに話すことに相槌（あいづち）を打ち、私からはなにも話さないまま、授業開始のチャイムを聞いた覚えがある。

　しかし、今は私も少しは成長したので、彼女の言葉が途切れたタイミングで、「本当に恋人がいるんだよ！」と片手を握りしめて反論した。

　そこまではっきりと主張しても、「嘘つかなくていいって」と決めつけられるのは、どうしてなのか……。

「有紀は今まで誰とも付き合ったことがないんじゃない？　まだバージンを守ってますって顔をしてるもの」

　呆れ顔でそう言った彼女は、「隠さなくていいんだよ。友達だから心配してあげてるの」と明るく笑って付け足した。

友達としての心配だと言われては、「ありがとう……」とお礼を言うしかない。

けれども、処女を指摘されたことに心は傷つき、それと同時に、昨日、私に交際を求めてきた一本気さんの顔を思い出した。

彼も、私が処女だと見抜いていたよね。それを理由に、交際相手はいないと決めつけられた。

亜美ちゃんと同じだ……。

勇気を出して桐島さんに抱いてもらえば、こんなふうに困らずに済むのではないかと、ふと思った。

しかし、私と彼の情事をチラリと考えただけで、恥ずかしさが爆発しそうになり、瞬間湯沸かし器の如く、顔が熱くなる。

それを見られたくなくて、急いで両手で顔を覆えば、「え……泣いてるの？」と亜美ちゃんに誤解を与えてしまった。

「違うの！　ごめんね、妄想したら恥ずかしくなっちゃって……」

「はい？」

私はどうして、すぐに赤面してしまうのだろう。

桐島さんは、恋愛事に不得手な私に呆れず、日々特訓してくれるけど、成果が出ているのか、どうなのか……。

『子供っぽい反応しかできなくて、ごめんなさい』と、心の中で彼に謝ったら、「社長」と呼びかける声を斜め前方に聞いた。

ハッとして顔を覆っていた手を外し、声のした方を見ると、レジカウンターの向こうに立つ店舗マネージャーの女性社員が「お疲れ様です」と微笑んで、会釈している。

カウンターを挟んで彼女と向かい合い、挨拶を受けているスーツ姿の男性は、桐島さんに間違いない。

今日は土曜日なので、帰国してすぐに紫陽花荘に帰るものだと思っていたが、彼は一度会社に立ち寄ったようだ。帰宅は十六時頃と言われているから、二時間ほど会社で仕事をするつもりなのかもしれない。

桐島さんは、私がいることに気づいていないのか、背を向けて店舗マネージャーとなにかを話している。書類のようなものも手渡していた。

私が驚いたようにレジカウンターに注目したため、亜美ちゃんもそちらを気にしている。そして、「あの人が、有紀の会社の社長なの？」と声を落とさずに問いかけてくるから、私は慌てた。

「う、うん。そうだけど、亜美ちゃん、なるべく小声で……」と注意を与えたが、

「あそこまでは聞こえないよ」と声のボリュームを下げてくれない。

「後ろ姿だけで、いい男オーラが出てるよね。外国の人？　若くてかっこいいのは、ずるい」と桐島さんを評価して、自分の勤め先の社長は、六十過ぎの太ったおじさんだと、彼女は笑った。

冗談めかした言い方をされても、ハラハラしている私は、同調して笑うことができない。

私と彼を隔てているものは、腰ほどの高さの商品陳列台と、間仕切りの役割を果たしている細長い観葉植物のプランター、それと隣のテーブルのみ。距離は六、七メートルほどだろうか。

桐島さんが振り向いたら目が合ってしまいそうで、慌ててメニュー表で顔を隠して、気づかれまいと縮こまった。

この場所で、『ただいま』『お帰りなさい』という親しげな会話を交わすわけにいかないからだ。

五割増しで鼓動が速度を上げる中、亜美ちゃんが首を傾げて私に指摘を入れる。

「有紀、なんで隠れてるの？　もしかして、社長直々に怒られたことがあるの？」

そうじゃないと答えられない私は、『今は私の名前を呼ばないで！』と心の中で叫んで、固く目を閉じる。

見つかる不安に冷や汗をかいていたら、亜美ちゃんが「え……⁉」と驚いたような声を出した。その直後に肩をポンと叩かれて、私は体をビクつかせる。

恐る恐るメニュー表を外して見上げると、私の横に立っているのは桐島さんだった。

「有紀子、ただいま」

「お、お帰りなさい……」

「俺を驚かそうとして隠れていたのだとしたら、残念ながら失敗だよ。頭隠して尻隠さずとは、まさにこのことだ」

灰青色の瞳が三日月形に細められ、彼は私に親しげに話しかける。

どうしよう、ばれてしまう……。

桐島さんがいつものように自然な行為として、私の頭を撫でてくれる。

それを店員たちが驚いた顔で注目していた。斜め横のテーブルで接客中の店員には、私と彼の親しげな会話を聞かれてしまったことだろう。

桐島さんと交際を始めたばかりの頃は、噂になったら恥ずかしいと心配する程度の思いでいた。他部署の女性社員が桐島さんのことを褒めていた時には、優越感を覚え、私が彼の恋人だと言いたくなったことも一度だけあった。

それが今は、彼と交際している事実をできるだけ隠したいと強く感じている。

店員たちの表情は、『もしかして恋人同士なの？』という驚きから、『なぜあんな子が社長に選ばれたのか。なにかの間違いでは……』という非難めいたものに変わっていた。

目立たない末端社員である私と社長の交際は、素直に祝福できるものではなく、疑問や嫉妬、期待外れといった負の感情が湧いてしまうのだと理解する。

噂になれば恥ずかしいという思いよりも、今は、才色兼備の恋人がいそうな桐島さんのイメージに、傷をつけたような心持ちで胸が痛い。

けれども、『なにかの間違いでは』と思ってくれるなら、まだごまかせる余地はあると考え直す。

それで、口元に作り笑顔を浮かべた私は、「社長、お声をかけてくださいましてありがとうございます。ベルギー出張、お疲れ様でした」とわざと硬い口調で話しかけた。

横に立つ彼に、真剣な目を向けているのは、交際を隠したいという私の気持ちに気づいてもらいたいからである。

しかしその思いは伝わらなかったらしく、プッと吹き出した彼は、さらに親しげな口調で話しかけてきた。

「随分と堅苦しいことを言うね。五日会わないうちに、恋人の顔を忘れてしまった？　それなら帰ってから、ふたりの時間をたっぷり取らないとな。有紀子の瞳に俺を焼き付けることにしよう」

「き、桐島さん……」

ウインク付きで照れくさいことを言われても、今ばかりは頬を熱くすることはできず、ハラハラと店員たちの様子を気にするのみ。

けれども、それはばかりに気持ちを向けてもいられない。

桐島さんが「こんにちは。有紀子の友達ですか？　いつも仲良くしてくれてありがとう」と亜美ちゃんに声をかけたからだ。

慌てるあまり、彼女の存在を忘れそうになっていた私は、ハッとして「亜美ちゃん、ごめんね！」と謝った。

すると、彼女が浮かない顔をして、「そんなの、ずるい……」と呟く。

「彼氏がいないふりして、実は社長と付き合っているなんて……。梶原先輩を自慢したり、恋愛指南した私が馬鹿みたいじゃない」

交際相手がいないふりはしていないと否定しようとしたが、その前に不愉快そうに眉を寄せる彼女が席を立ってしまう。

テーブルの端に置かれた伝票に、彼女の手が伸ばされたが、桐島さんが先にそれを掴んだ。「ここは私が支払います」と言った彼は、亜美ちゃんと向かい合い、真面目な顔で私の弁護を始める。

「状況がよくわからないのですが、あなたに失礼があったのなら謝ります。申し訳ない。有紀子とは今後も友達でいてほしい。謙虚で一生懸命。自分のことより誰かのためにと考える、心の清らかな女性なんです」

灰青色の瞳にじっと見つめられた亜美ちゃんは、うっすらと頬を赤らめる。それからばつが悪そうな顔をして視線を逸らし、「有紀がいい子なのは、高校の時から知ってます……」と呟くと、桐島さんに会釈して、逃げるように店外へ出ていった。

私は座ったまま彼女の後ろ姿を見送って、後で電話して謝らなくてはと考えていたが、連絡先を交換する前に別れてしまったことに気づいた。

また、どこかで偶然に会えるだろうか？　その時は、私から声をかけたい……。

「さて」と低い声を聞いて視線を戻せば、桐島さんが向かいの椅子に座っていた。

指を組み合わせた両手をテーブルに置き、私に笑顔を向けている。

しかし、その笑みにはいつもの自然な優しさはなく、作り物のような雰囲気を感じた。

怒っているの……？

私の中に緊張が走ったら、彼は問い詰めるような口調で話し出す。

「有紀子は友達に、恋人はいないと言ったの？　それはなぜ？」

「あ、あの……」

桐島さんの笑顔が怖いと感じたのは初めてかもしれない。

すぐにでも誤解を解きたかったが、店員の女性が近づいてきて、「社長、なにかご注文なさいますか？」と問いかけるから、弁解できなくなる。

桐島さんはコーヒーを頼もうとしていて、慌てた私はその言葉を遮るように「もう出ます」と立ち上がった。

ここでコーヒーを飲みながら、ゆっくり問い詰められては困るからだ。

会計を済ませて店を出た私たちは、エレベーターホールへと繋がる別の入口からビル内に足を踏み入れた。

休日なので通路を行き交う人はなく、私は桐島さんを引っ張るようにして奥へ進むと、廊下のくぼみのような場所に入り込む。

そこは自動販売機が二台とベンチシートが置かれた、小さな休憩スペースである。

振り向いて彼と向かい合った私は、まずは「ごめんなさい！」と謝った。

それから、「社内では交際を秘密にしてもらえませんか？」とお願いする。

桐島さんは眉間に皺を寄せていて、頷いてはくれない。

彼の疑問は私の思惑とは別のところにあるらしく、「社内で気になる男ができた？」と不安げな目で問いかけられた。

「ええっ⁉　ち、違うんです。秘密にしたい理由は、そういうことではなくて――」

私が桐島さん以外の男性に心を揺らすことは、絶対にないと断言できる。

焦っているため上手に説明できないが、私が感じていることを精一杯に伝えようとした。

先ほどの店員たちの反応からわかるように、桐島さんの恋人が私では、釣り合わないと思われてしまう。非の打ち所のない美女をパートナーに選びそうな桐島さんのイメージが崩れてしまうと心配していた。

それに加えて、交際の噂が広まって社員たちにからかわれでもしたら、恥ずかしさに赤面してうろたえる自分の姿が目に浮かぶ。

仕事に慣れた今はもう、桐島さんが私の様子を見るという目的だけで容器包装デザイン部に顔を出すことはないけれど、毎日やってきた時には、男性社員にからかわれたことがあった。『もしかして、恋人なの？』と。

冗談だとわかっていても逃げ出したい気分になったので、本当に交際していると知られたら、落ち着いて仕事ができないかもしれない。

私がたどたどしく説明している数分間、桐島さんは黙って真剣に話を聞いてくれた。

どうやら誤解は解けたようで、眉間の皺を解いた彼は、優しい顔で私の望む返事をくれる。

「わかったよ。俺のイメージが崩れるという心配は無用だが、照れ屋の有紀子の、恥ずかしいという気持ちを汲んであげられなくてすまなかった。店員には口外しないように頼んでおこう。それでいい？」

「はい、ありがとうございます！」

ホッと胸を撫で下ろし、これからは悩む前にきちんと言葉にして伝えようと考える。

桐島さんなら、私の気持ちを大事にし、私のペースに合わせて恋愛を進めてくれるから、なにも心配いらない。

そう思ったのに……。

「私、昨日忘れたお弁当箱を取りに来たんです。それを済ませたら、先に帰って夕食を作りますね。なにが食べたいですか？」

　恋愛に関する話は終わったものとして笑顔で問いかければ、桐島さんがニッと口角をつり上げ、謀(はかりごと)をしているような、彼らしくない笑い方をした。

「有紀子を食べたい。今、ここで」と言われて、私は目を丸くする。

「えっ⁉」と驚きの声をあげた直後に、逞しい二本の腕に捕らわれた。

「き、桐島さん、こんな場所で――」と彼の胸を押して抵抗したが、放してくれず、さらに強い力で抱きしめられる。

　耳に彼の唇が触れて鼓動を弾ませたら、低く艶(つや)めいた声を吹き込まれた。

「大丈夫。今は俺たち以外の誰もいない。力を抜いてごらん」

「今は……ですよね？　あの、どうして今日は強引なことを……」

「有紀子のペースに合わせていては、なかなか先に進めないからな。今日は少し頑張ってみようか。誰かが通るかもしれないという緊張の中で、大人のキスをしてみない？」

　難しい要求をしてくるのは、恥ずかしがり屋という私の性格を、どうにかしようと目論んでの荒療治なの……？

　いつもより強引なのは、出張の間、会えなかったから、私を求める気持ちを抑えられない……という彼側の事情もあるのかもしれない。

顔が沸騰しそうに熱くなり、心臓が壊れそうなほど高鳴っている。

とてもじゃないが、いつ誰が通りかかるかわからないこの場所で、キスを受け入れることなど、私にはできそうになかった。

しかし、「家に――」帰ってからにしてくださいとお願いしようとしたら、それを遮るように唇を塞がれてしまう。

初めてのキスは三週間ほど前のこと。それから何度か触れ合う程度のキスを経験させてもらった私であるが、今は未知の領域に踏み込もうとしている。

私の唇を割って、彼の舌先が侵入してきた。驚きと戸惑い、堪えがたいほどの恥ずかしさに襲われているというのに、不思議と少しも嫌だと感じない。

私が欲しいと強く望む、彼の気持ちが伝わってくるからなのか。

ひとりの大人の女性として、私を求めてくれるのが嬉しくて……。

私の心の変化を読み取ろうとするように、彼の舌先はゆっくりと、反応を確かめながら動いている。撫でるように舌に触れられると、体の芯が熱くなり、女としての喜びが湧き上がった。

それは、恥ずかしいという感情を凌駕(りょうが)して心の中に勢力を広げ、もっとこのキスを続けたいと願う私は、彼のスーツのジャケットにぎゅっとしがみついた。

桐島さんを、愛してる……。

抑えきれないその思いが、甘い呻きとなり、合わせた唇の隙間から漏れる。

私の気持ちに応えるように、彼のキスは濃く深く、情欲的なものとなっていった。

すぐ横にある自動販売機がブーンと唸り声をあげているが、それよりも私たちの奏でる水音の方が大きく聞こえる。

こんなに激しいキスを、恥ずかしがり屋の私が喜んで受け入れているなんて……。

彼に手を引かれるようにして、私は一歩、大人の階段を上がることができた気がしていた。


大人のキスをした二日後の月曜日。

私は午前中を、落ち着かない気持ちで過ごしていた。

自分のデスクでノートパソコンに向かい、新作パッケージのデザイン画を編集していると、後ろから「小川さん」と声をかけられた。

「キャッ！」と声をあげ、大げさなほどに肩をビクつかせて振り向けば、そこに立っている田ノ上課長を逆に驚かせてしまった。

手に持っているファイルを落としそうになり慌てている課長が、「どうした⁉」と私に問いかける。

「いえ、あの、なんでもないんです。すみません！」

気にしているのは、私と桐島さんの交際の噂が広まっていないか、ということだ。

一昨日、彼は、話を聞かれてしまった店員に口止めしておくと言ってくれたけど、それはお願いであって命令ではない。『ここだけの話にしてね』という前置きをつけた内緒話が鼠算式に広まって、結局は誰もが知っている噂話となるものだと、私は学生時代の経験から知っていた。

昨日までは、問題は解決済みとして心配していなかったのに、今日出社した途端に本当に大丈夫だろうかと気になり出して、こうして誰かに声をかけられるたびに肝を冷やしている。『社長の恋人という噂は本当？』と聞かれる気がして……。

こういうのを自意識過剰というのかもしれないが、気にしないようにと言い聞かせても、どうしても平常心でいられない。

田ノ上課長の用事は、三日後の会議用資料を作成するようにとの指示であった。

参考にと、これまでの資料を集めた分厚いファイルを渡されて、私は早速その仕事に取りかかろうとする。すると、「もう昼休みだから、午後からにしなさい」と課長は言って、離れていった。

腕時計に視線を落とせば、時刻は十二時を五分過ぎている。周囲の人も席を立ち、財布を手に廊下へと出ていった。

社食はないが、近くには安価でランチメニューを提供する店が多いので、この部署の半数以上は外食している。昼食を持参している人は、そのまま席でパンの袋を開けたり、お弁当の包みを広げたりしていた。

私は毎朝、自分の分だけお弁当を手作りしている。桐島さんは昼食付きの会議であったり、移動中の車内であったり、または秘書と打ち合わせをしながらデリバリーのものを食べることが多いそうで、お弁当はいらないと言われているためだ。

朝食の残りのおかずを詰めたお弁当箱と、麦茶を入れた小さな水筒をショルダーバッグから取り出した私は、小花柄の包みを広げようとして思い直し、それらを手に席を立つ。

廊下に出て、向かった先は小会議室である。今日は朝から周囲を警戒しすぎて気疲れしてしまったので、昼休みはひとりになりたいと思っていた。

営業部の向かいにある小会議室は、幸いにも使用中の札はなく、私はそっと開けて中に入り込む。

長机が六つと椅子が十二脚、ホワイトボードがあるだけの事務的で無機質な空間なのに、今は森林浴でもしているような気分で深呼吸して、ホッと気を緩めた。

ここでしっかり休んで気持ちを立て直し、午後は仕事だけに集中しないと。

そう思い、ドアから離れた隅の椅子に座り、お弁当を広げた私であったが……出汁巻き卵焼をひと切れ食べたところで、また肩をビクつかせることになってしまった。

二度のノックの後にドアが開き、入ってきたのは、広報部の一本気さんだった。

彼は手にコンビニのレジ袋を提げていて、その中にお弁当らしき容器とペットボトルが入っているのがわかる。

「小川さん、お疲れ様」

「お、お疲れ様です……」

笑顔で声をかける彼を見て、もしかして、私を探してここへやってきたのかと緊張が走り、椅子から腰を浮かせた。

「ここ、使うんですね。すぐに出ていきますから」と逃げようとしたが、私の隣の席にレジ袋を置いた彼に引き止められる。

「昼食を取るだけだから気にしないで。俺、たまにここで食べているんだ。小川さんがいたとは、嬉しい偶然」

広報部はひとつ下の階で、そこにも似たような会議室があるというのに、彼の話は本当だろうか……？

疑いの目で見てしまうが、目尻に皺が寄るほどの笑みを向けられると、つられて私も愛想笑いをしてしまう。

「座りなよ。一緒に食べよう」と彼は私の右隣の席に腰を下ろし、コンビニの焼肉カルビ弁当を袋から取り出した。

「は、はい……」

本当は困ることを言われそうな気がして、今すぐここから出ていきたい心持ちでいるけれど、あからさまに避けるのは角が立つので、仕方なく浮かせた腰を椅子に戻した。

「その弁当、小川さんの手作り？」と話しかけられて頷くと、「彩りが綺麗で美味しそうだ。君はいい奥さんになれるよ」と褒められた。

私が頬を熱くしたら「可愛い」とからかわれ、さらに火照る顔を隠すように両手で覆えば、「ウブだな」と嬉しそうな声で評価される。

「そういう初々しい反応がたまらない。小川さんは理想的だ。俺の彼女になって。彼氏、いないんだろ？」

ど、どうしよう……。

三日前に恋人がいると断ったが、また確認されるということはやっぱり信じてもらえていなかったのだ。なんと返事をすればいいのか……三日前よりも困ってしまう。

桐島さんに社内では秘密にしてくださいと頼んでおきながら、私から暴露するわけにいかない。

社外の人と交際していると言えば、嘘をつくことになり、それもためらわれる。

両手で顔を隠したまま、返事に窮していると、右手首を掴まれて外された。

驚く私の目に、真顔の一本気さんがアップで映る。

彼は椅子から腰を浮かせ、キスしようとするかのように斜めに傾けた顔を近づけてきた。

「キャアッ！」と大きめの悲鳴をあげて、接触を避けようと思いきり顔を背けたら、ドアが勢いよく開けられて、桐島さんが飛び込んでくるのを見た。

私たちの様子に目を見開いた彼は、その直後に眉間に深い皺を刻み、後ろ手にドアを閉めるとツカツカと歩み寄ってくる。

私の手を放した一本気さんは、立ち上がって一礼し、「申し訳ありません」とはっきりした声で謝罪した。

「僕たちは交際をしているのですが、社内ですべきことではありませんでした。以後、気をつけます」

どうやら彼は、社長が規律の乱れに関して怒っているのだと勘違いしているようだ。

桐島さんが険しい顔をしている本当の理由を知っている私は、椅子を鳴らして立ち上がる。

一本気さんに『交際している』と嘘をつかれたことに慌てて、「違――」と否定しかけたら、桐島さんに肩を抱き寄せられ、また驚いた。

一本気さんも目を見開き、これは一体どういうことかと、私と桐島さんの顔を見比べている。

そんな彼に桐島さんは、不愉快そうな低い声で冷静に怒りをぶつけた。

「有紀子は、男ふたりと同時に交際するような不埒な性分ではない。私の恋人を侮辱するな」

険しい桐島さんの横顔を見ながら、二股をかけていたと誤解されなかったことにホッと息をつく。

けれども、焦りはすぐに復活した。

私たちの交際を一本気さんに知られてしまったことは、私の望むところではない。

それに加えて、ふたりが口論になったらどうしようと恐れているのだ。

桐島さんに厳しいことを言われた一本気さんは、「交際相手がいるというのは本当だったんですね。それが、まさか社長とは……」と俯いて呟き、動揺した様子であった。

しかし、すぐに気持ちを立て直したようで、キッと顔を上げ、強気な視線を桐島さんに向けている。

相手が社長であっても、恋愛事においては関係ないと言いたげに、臆することなく持論を展開する。

「小川さんはこの前、交際三カ月の恋人がいると言っていました。そんなに経っているのに肉体関係がないのはどういうことでしょう。もしかして社長は、彼女に拒まれているのではありませんか?」

私の肩を抱く桐島さんの右手に力が加わり、チラリと視線が私に流された。『そこまで話したのか?』と問いたげな、非難めいた視線である。

私は焦って首を横に振り、「あの、経験のない女性は匂いでわかるんだそうです……」と恥ずかしく思いながらも小声で弁解した。

桐島さんは小さなため息をつく。一本気さんに戻した視線には、怒りよりも呆れが滲んでいるようだ。

一本気さんの方は呆れられているとは思っていない様子で、優勢に立てたと勘違いしたのか、「反論がないということは、拒まれているのですね」とさらに強気に主張した。

「彼女に本気ではないのを見透かされ、体を許してもらえないのではないですか？　社長なら、どんな女性でも簡単に手に入れられそうですし、小川さんにこだわる必要はないでしょう。僕は真面目な思いでいるんです。クビを覚悟で言います。どうか小川さんを譲ってください」

辞職と引き換えにしてまで、私のことを……と、胸打たれることはない。

私の中に、今まで感じたことがないほどの怒りが湧いて、それをぶつけずにはいられなかった。

半歩前に出ると、両手を握りしめ、声を大にして一本気さんを非難する。

「桐島さんに、失礼なことを言わないでください！　桐島さんは、五年前に出会った時から私を大切に思ってくれています。本気じゃないと勝手に決めつけるなんて、ひどいです！」

いつも大人しい私が声を荒らげるのは予想外だったのか、一本気さんは驚いたように片足を引き、椅子にぶつかってガタンと音を立てた。

私としても、弟とさえ口論したことのない自分が、目上の先輩社員に食ってかかっていることに信じられない思いでいる。

けれども、激昂する気持ちを抑えられない。

愛する人を侮辱された怒りと悔しさに突き動かされた私は、桐島さんに向き直ると、スーツのジャケットを両手で掴んで言った。

「私、決めました。桐島さん、今夜、私を抱いてください。こうなったのも、もとはといえば私がいつまでも子供みたいな反応をしていたことが原因です」

気持ちが高ぶっているため、今は恥ずかしさは感じず、なんでもできるような気がしていた。

桐島さんは意表をつかれたような顔をして私を見たが、それは一瞬だけで、「有紀子、落ち着いて」と宥めるように私の肩に手を置く。

「投げやりな気持ちで言ってるんじゃありません。私は桐島さんに恥をかかせたくないんです。どうか私を抱いて――」

興奮気味に詰め寄る私の言葉を遮って、彼は私に口づけた。

触れるだけの軽いキスでも、私を黙らせるには充分で、やはりと言うべきか、瞬時に顔が熱く火照り、たちまち鼓動が激しく鳴り立てる。

人前でのキスに、石のように固まってしまったら、桐島さんが片腕で抱き寄せて、恥ずかしがる私の顔をスーツの胸元に押し当てるようにして隠してくれた。

「一本気くん、これが理由だよ」という落ち着き払った声が、桐島さんの体を通し、響いて聞こえる。

「有紀子はとても純情で、私は無理をさせることのないよう、ゆっくりと恋愛を進めるつもりなんだ。まだ体の関係がないのは、彼女を愛しているからこそだ。私の愛情を否定される謂(いわ)れはない」

自分の早い鼓動が、耳障りなほどに大きく聞こえている。

桐島さんが口にしてくれた想いが、私の胸を揺さぶり、嬉しくて涙が滲む。

私も心から愛していますという気持ちを込めて、彼の背に両腕を回し、力一杯抱きついた。

誰も口を開かない無言の間が十秒ほど流れてから、後ろに落胆したような一本気さんの声がする。

「わかりました。小川さんのことは諦めます。ご迷惑をおかけして、申し訳ありません……」

午後の時間は仕事に追われるようにして足早に過ぎ、帰宅してから三時間ほどが経つ。紫陽花荘の居間の振り子時計は、二十二時十分を指していた。

桐島さんは食事と入浴を済ませ、浴衣姿で座卓に向かい、くつろいでいる。

私は水色の地に小花柄の半袖パジャマ姿で、今年の初物の西瓜（すいか）を切って彼に出したところであった。

あの後、一本気さんが先に小会議室から出ていって、私たちふたりが残された。

緊張が解けた私は、助けてもらったことにまずはお礼を言った。そして、どうして私が会議室にいるとわかったのかと聞いてみた。

『有紀子の助けを呼ぶ声が聞こえてね』というのは冗談ではないらしい。

桐島さんは営業部に用があって訪ねた後、たまたま小会議室前を通ったら、私の悲鳴が微かに聞こえたそうだ。

その偶然に驚き感謝すると共に、肩を落として出ていった一本気さんを心配した。

怒りが収まれば、私のせいで彼が辞職する羽目になったらどうしようと、不安に思ったのだ。

『あの、一本気さんをクビにしたりしませんよね？』と桐島さんに問いかければ、優しい笑みを浮かべた彼が『処分する理由がない』と頷いてくれた。

一本気さんは真面目で仕事熱心な社員である。『私的な感情で、彼への態度や待遇を変えることはない』と言ってくれて安堵したのだ。

桐島さんはお昼休みのあの一件がなかったかのように、普通に西瓜を食べている。

平常心でいられる彼を尊敬する。

私の場合は解決しても、しばらくは心が落ち着かない気がして。

その理由は……。

風鈴の鳴る縁側に近づいて、後ろの彼に問いかける。

「桐島さん、そろそろ閉めてもいいですか？　風が冷たくなってきました」

今日は最高気温が三十二度の暑い日であったが、夜になれば裏庭を抜けて涼しい風が吹き込んでくる。風が強いので、お風呂上がりの体には寒く感じていた。

西瓜を食べる手を止めた桐島さんは、「いいよ」と言うだけではなく、ガラス戸を閉めるのを手伝ってくれた。

風鈴の音がやむと、急に静寂に包まれて、なぜか私の胸は高鳴り始める。

いや、なぜかではない。いつも以上に桐島さんが恋人であることを意識して、帰宅してから顔を直視することができないのだ。

『私を抱いてください！』と迫った自分を思い出すと、今さらながらに顔から火が出そうなほどに恥ずかしくなり、動揺してしまう。

すぐ隣に立つ彼の方を見ることができず、閉めたガラス戸にへばりついている私は、緊張を隠そうとして、「紫陽花が綺麗ですね」と話しかけた。

するど、クスリと笑われる。

「暗くて裏庭の様子は見えないよ。ガラスに有紀子の真っ赤な顔が映っているだけだ」

「あ……」

かえって平常心でいられないことが伝わってしまったと焦ったら、桐島さんが私の真後ろに移動した。肘を折り曲げた左腕をガラス戸につき、右手を私の体に回す。

背中に温もりを感じ、口から心臓が飛び出しそうになっていたら、彼が私の耳元で吐息交じりに囁いた。

「昼のあの件は、ありがとう」

「え?」

「有紀子が怒ってくれて、不覚にも喜んでしまった」

自嘲気味に笑う彼の声が、私の耳をくすぐる。

意識しすぎている今はそれだけでビクリと体を震わせてしまうけれど、桐島さんがそう言ってくれるなら、あの時、言い返してよかったと嬉しい気持ちにもなっていた。

私は照れ笑いしながら、ガラスに映る彼と目を合わせる。

「桐島さんが私を大切に思ってくれることは、毎日の生活の中で伝わってます。私の方こそ、ありがとうございます」

彼も嬉しそうに目を細めていたが、その顔が急に男の顔つきに変わる。右手の人差し指で私の唇をなぞり、「キスしたい。こっちを向いて」と艶めいた声で誘われた。

キスは何度もしているはずなのに、新鮮な胸の高鳴りを感じるのはどうしてだろう……。

首を捻るようにして振り向けば、色香を強く漂わせる灰青色の瞳と視線が交わった。

照れくさくて、目を開けてはいられない。

すぐに瞼を閉じると、唇の上に吐息がかかり、それから温かくて柔らかな感触が……。

上唇と下唇をついばむように口づけられて、私がわずかに唇を開いたら、そこから彼の舌先が押し開くように中へと侵入してきた。

お互いの体温が溶け合うようで、交わる舌が心地いい。

うっとりと夢心地にさせられて、緊張が徐々にほぐれていく……と思ったら、私の鼓動が大きく跳ね、驚いて目を開けた。唇を離して、「き、桐島さん⁉」と問いかける。

彼の右手が私のパジャマのボタンを、三つ目まで外しているのに気づいたからだ。

その手を握るようにして止めると、上擦る声で慌てて確認する。

「あの、〝ゆっくり〟と言ってましたよね？」

昼間の彼は確か、一本気さんにこう話していた。

『有紀子はとても純情で、私は無理をさせることのないよう、ゆっくりと恋愛を進めるつもりなんだ』

抱いてくださいと言ったのは私だけど、桐島さんがそう説明してくれたことで、今夜、体を重ねることはないと思っていたのだ。それなのに彼が私のパジャマを脱がそうとしているから、動揺してしまう。

そんな私の背中を強く抱きしめた彼は、甘く囁くような声で、説得に乗り出した。

「せっかく君が勇気を出して言ってくれたんだ。男として、この好機を逃したくない」

勇気……というよりも、あれは怒りと悔しさに突き動かされての大胆発言で、腹立たしさを感じていない今はもう、すっかり奥手で恥ずかしがり屋の私に戻ってしまっている。

どうしようとうろたえる私の心が後ずさりしないように、彼は力強い声で決意を促した。

「もっと有紀子に近づきたいんだ。大丈夫、怖くない。身も心も、君の全てを俺に委ねてほしい」

私も、もっと桐島さんの近くにいきたい……。

揺れ動いた心が、前へ向いた。

頷いて、桐島さんの右手の動きを封じていた手を離すと、三つ目までボタンの外されたパジャマの胸元から彼の右手が滑り込み、下着越しに私の胸に触れた。

「あっ……」と漏れた自分の甘い声が恥ずかしさを煽り、鼓動は際限なく速度を上げていく。

大きな手で包むように揉みしだかれ、「柔らかい……」という嬉しそうな声を耳元に聞いた私は、「ま、待ってください！」とまたしても彼を止めてしまった。

それは怖気づいたからではなく、あることに気づいたためだ。

「あの、ここだと、おばあちゃんの仏壇が……」

紫陽花の花を供えた仏壇と、壁の高い位置に並んでかけている祖母と祖父、父の遺影がガラスに映っていた。

それを桐島さんに伝えると、「確かに見られている気がするな……。俺の部屋に行こう」と苦笑いしている。

「キャッ」と声をあげたのは、急に横抱きに抱え上げられたからだ。

慌てて彼の首に両腕を回してしがみついたら、至近距離で視線が合ってしまい、私の顔はさらに熱くなった。

フッと微笑んだ彼が、さらに顔を近づける。

「愛してる」と言って私の額に唇を落とし、ドアへと歩き出した。

その言葉に幸せとときめき、初体験への緊張を同時に味わいながら、頼もしい腕に揺られて居間を出る。

その際に祖母の遺影に視線を向けてしまったが……いつものように視線が合ったと感じることはなかった。

祖母の口元は嬉しそうに微笑んでいても、今宵だけは、こっちを見ないようにしてくれているみたい……。

『おばあちゃん、私、桐島さんに大人にしてもらいます』と心の中で話しかけ、愛しい彼の首に回している腕にそっと力を込めた。

お帰りなさい

桐島さんが私に覆いかぶさり、一糸まとわぬこの体にキスの雨を降らせる。

初体験から二カ月ほどが経ち、肉体的な快楽を覚えた私は、「もっと足を開いて」という彼の指示に従順に従う。

胸を高鳴らせ、催促するように灰青色の瞳と視線を交えれば、彼が蠱惑的な笑みを浮かべて私の中にゆっくりと侵入してきた。

「ああっ……え？」

自分の喘ぎ声で目覚めると、枕元の目覚まし時計は六時を指している。

夏も終わろうとしている九月上旬。寝苦しい蒸し暑さから解放され、カーテンの隙間から差し込む朝日も、心なしか柔らかい。

寝ぼけた頭がはっきりしてくれば、顔が熱を帯びる。

私、今、エッチな夢をみていたんだ。

恥ずかしい……。

やけにリアルだったのは、昨夜、彼にされたこと、そのままであったためであろう。

ここは桐島さんの部屋で、初体験の日以来、彼に求められた時にこの部屋で寝起きしている。

枕はふたつ並べているけれど、敷き布団はシングルサイズなので、彼との距離が近い。

すぐ横に、私の体に片腕を回しかけるような体勢で、桐島さんが横を向いて寝ている。

暑いのか布団をかけておらず、下着一枚の姿の逞しい筋肉美が眩しすぎて、目に毒である。

恥ずかしがり屋が性分の私なので、何度この部屋で目覚めても慣れることはなく、今朝も新鮮な気持ちで照れてしまった。

私の体には、タオルケットの代わりに桐島さんの浴衣がかけられている。

その下は、なにも身につけていないので、昨夜脱がされた下着とパジャマを、彼が目覚めぬうちに着てしまおうと考えた。

起こさないように気をつけて、私の腰に回されている彼の腕を解くと、起き上がって浴衣を彼の体にそっとかける。

私のパジャマは……と探したら、彼の肩の向こう側、布団から外れた畳の上に、下着と共に丸められるようにして置かれていた。

布団に膝立ちした私は、パジャマを取ろうとする。

規則正しい寝息を立てている桐島さんの頭をまたぐようにして、四つん這いの姿勢で片手を伸ばしたら……「いい眺めだ」と、急に彼の声がした。

起こしてしまった申し訳なさよりも今は、裸の胸を下から至近距離で見られていることに強い羞恥を感じ、「キャア！」と悲鳴をあげた。

慌てる私は、彼にかけてあげたばかりの浴衣を奪い取ってしまい、膝立ちの姿勢で急いで袖を通し、自分の体を隠した。

明るい笑い声をあげる彼は布団の上に身を起こして、あぐらを組む。そして、私の腕を掴んで引き寄せるから、思わずストンと彼の膝の上に横向きで座ってしまった。

彼の唇が私の額にチュッと当たる。

「おはよう、有紀子。可愛い恥じらいを見せてくれて、いい気分で目覚めることができたよ。だが、君は間違えている。それを教えてあげようか？」

私の体を両腕ですっぽりと包むように抱きしめて、桐島さんはおかしそうに話す。

意味がわからず「え？」と問い返せば、急に視界が傾いた。布団の上に仰向きに寝かされ、馬乗りになった彼が私を囲うように両手をシーツにつく。

下唇をペロリと舐めて、朝から艶めいた声で、その間違いとやらを指摘してきた。

「裸より、男物のぶかぶかな浴衣を羽織っている方が扇情的だ。脱がせてみたいという衝動に駆られるからね」

「そうなんですか……あっ！　桐島さん、待っ――」

『待って』と皆まで言わないうちに、唇を塞がれて、浴衣の前合わせを大きく広げられてしまう。

彼の指先が、昨夜と同じように私に快感を教えようと動き始めるから、慌てた私は顔を横に向けてキスから逃れた。

「桐島さん、遅刻しちゃいます！」とその胸を押したが、ビクともしない。

「今日は土曜日だ」と彼は私の耳に舌を這わせ、胸に触れる。

「今日からベルギー社に出張だと言ってたじゃないですか！　飛行機の時間が……あっ」

「今は六時過ぎたばかり。空港には十時に着けばいいから問題ない。四日間会えない分、有紀子を抱いておかないと」

出張前に疲れてしまうのでは……と心配したが、胸の頂を吸い上げられたらもう、私の口からは甘い呻き声しか出てこない。

カーテンの隙間から差し込む朝日が畳の上に斜めに線を引き、小鳥のさえずりが聞こえる中で、私は夢の続きを味わっていた。

彼が出張に行ってからは、戻るのを待ち遠しく思いながら過ごしていた。

ひとり寝の夜を長く感じたのは、体も結ばれたことによって、私の中に彼を求める気持ちがさらに膨らんだためであろうか。

いつもなら出張中は何度も電話やメールをくれるのに、今回は電話が一度だけであったせいかもしれない。

忙しいのだと思うけど、寂しいです。

桐島さん、早く帰ってきてください……。

そう思って四日が経ち、ついに愛しい彼が紫陽花荘に帰ってきてくれた。

時刻は二十一時二十分。退社してから和食をあれこれとこしらえて、座卓いっぱいに並べた私だが、桐島さんは少しずつ箸をつけただけで、「すまない。あとは明日食べるよ」と大幅に残してしまった。

私たちは、座卓に向かい合って座っている。私は先に夕食を終えていて、麦茶を飲みながら彼を心配した。

ワイシャツに緩めたネクタイ、スーツのズボン姿の彼は、十五分ほど前に帰宅してからずっと浮かない顔をしており、疲れているのだろうと察する。

夕方に帰国して、その後、二十時半頃まで仕事をしていたのだから、食欲がないのも頷けた。

「体調が悪いんですか？」とも心配したら、桐島さんは「大丈夫だよ」と微笑んでくれたが、すぐに表情を硬くして、「有紀子に話があるんだ」と低い声で言った。

なにか、よくない知らせだろうか……。

嫌な予感がして、私は崩していた足を直す。背筋を伸ばして正座をし、着ているエプロンの裾を両手で握りしめて、聞く態勢をとった。

鼓動が嫌な音で鳴り立てている。

よほど言いにくい話なのか、彼は一度お茶を口に含み、ゆっくりと時間をかけて飲み込んでから話し出す。

「実は、ベルギー社で――」

その話は、私にとって青天の霹靂(へきれき)であった。

来月、十月一日からベルギー社に戻ると言われたのだ。

ここ数年、向こうの業績が右肩下がりに悪化しているそうで、ベルギー社の社長で、モルディグループの最高責任者である彼の叔父は、あの手この手と経営を立て直すべく奮闘していたらしい。

赤字経営の店舗を整理して、なんとか持ちこたえていた矢先、アメリカの有名チョコレート会社が、ベルギーを含めた西ヨーロッパ諸国に十店舗の同時出店を計画している話が流れてきたそうだ。それが来春ということで、モルディのベルギー社は大慌てである。

どちらも高級チョコレートを売りにしているため、客層がかぶってしまうのだ。客を奪い合った結果、撤退するのは、果たしてどちらなのか……。

この一大事に対応するべく、桐島さんが呼び戻されることに決まったという説明であった。

私は強い衝撃を受けていた。

紫陽花荘から、桐島さんがいなくなってしまうなんて……。

ショックではあるが、離れてしまうことへの寂しさや、恋人関係を続けることができるのかという不安までは、まだ頭が回らない。なにも言えずに驚きの目を彼に向けて、一層強くエプロン生地を握りしめるだけであった。

「拒否することはできなくもないが、恩ある叔父を見捨てることはできない。すまない、有紀子。わかってくれ」

桐島さんは私の目を見ながら、申し訳なさそうに顔をしかめ、けれどもきっぱりとそう言った。

彼の両親は音楽家で、彼が子供の頃から不在がちだと前に聞いた。その間、彼は叔父の家に預けられていたため、エマさんとは兄妹のような間柄なのだと。

彼にとって叔父の存在は、父親と同じように大切で大きなものなのだろう。力を貸してくれと言われたら、断ることができないのは仕方ない。私が彼の立場だったとしても、そうすると思うから。

桐島さんはまだ説明を続けている。

ベルギー社では副社長のポジションが用意されており、彼を中心としてライバル社の進出に対抗するための大規模なプロジェクトチームを発足させる話がすでに決まっているらしい。

日本社では、社長のポジションについている彼だが、モルディはベルギー社が親会社で、日本を含めたその他各国のオフィスは支社のような序列である。

これは桐島さんにとっても、出世のチャンスなのだと思って聞いていた。

話し終えた彼は、グラスの麦茶をひと口飲んで息をついた。

それを見て、私はやっと口を開く。引き止めるつもりはないけれど、「いつまで、あちらにいるんですか……?」と、それが気になって。

桐島さんの言い方だと、ライバル社への対抗措置がうまく機能し、プロジェクトが成功して終了となれば、日本に戻ることができる……というように聞こえた。

ベルギー社の副社長という地位を手放すのを、惜しいと思わなければの話だが。

まさか、ずっとベルギーで暮らし、もう日本に戻らないつもりでは……。

そんな予感もあり、私の心は騒めき立つ。

不安に瞳を揺らしたら、グラスを置いた桐島さんがいつもよりも暗い色をした瞳に私を映して「わからない」と、ため息交じりに答えた。

「日本に戻る気持ちはあるが、それがいつになるか……。ベルギー社の経営が安定するまで、としか言えない」

「そう、ですか……」

正直に答えてくれたからこそ、曖昧な言い方になってしまうのだろう。それは仕方ないことだけど、わからないと言われたことで、不安は少しも減ることはなかった。

桐島さんは指を組んだ両手をテーブルにのせると、動揺する私に向けて「だから」と語気を強めた。

「有紀子、俺と一緒に来てくれないか？」

「え……？」

「ベルギー社で、今と同じような仕事をしてもいいし、語学学校やカルチャースクールに通うのもいいだろう。経済的な心配はいらないよ。武雄くんの学費、生活費も俺が出す」

それは思ってもいない申し出で、喜んでいいのかさえ、すぐには判断できなかった。弟をひとり日本に残して、私が海を渡るということがうまく想像できない。

「あの、紫陽花荘は……？」

この建物を処分してしまうのか、という心配も湧く。

桐島さんは、古いけれど掃除が行き届いた居間を見渡すようにゆっくりと視線を動かして、それから小さなため息をついた。

「手放す気はないが、しばらく空き家の状態になってしまうな。人が住まない建物は、傷みが進むものだ。管理会社に任せるか、どうするか……」

それから私たちは、黙り込んでしまった。

桐島さんが口を開かないのは、私の心に、この厳しい現実が染み込むのを待ってくれているからだろう。

一方、私は俯いて、迷いの中にいた。

桐島さんと離れたくないので、一緒にベルギーに行きたい気持ちはあるけれど、日本に残していく弟と紫陽花荘の心配は拭えない。

振り子時計の時を刻む音が、やけに大きく聞こえていた。

数分して顔を上げた私は、眉尻を下げて、「あの、考える時間をください。週末にはお返事します」としか答えられなかった。

桐島さんの小さなため息が聞こえる。

「わかった」と頷いて微笑んでくれたけど、私が『一緒に行きます』と即答しなかったことを、残念がっているのが伝わってきた。


それから二日が経った金曜の夜。

私はまだ答えを出せずに悩んでいた。

桐島さんは取引先の人との会食があるので、今日の夕食はいらないと言われている。帰りは遅くなるから先に寝ていていてというメールも、先ほど届いた。

今は二十二時半を回ったところで、お風呂を済ませてパジャマ姿の私は、居間の座卓に頬杖をつき、テレビドラマをぼんやりと見ている。

けれども、ドラマの内容はちっとも頭に入らない。もしも、桐島さんについてベルギーへ行ったら、どんな生活が始まるのかを考えているからだ。

モルディのベルギー社があるブリュッセルでは、フランス語とオランダ語が話されているらしい。

言葉がわからないのに、すぐに働くのは難しいと思うので、まずは語学学校に通い、生活に慣れることから始めたい。勉強することは昔から好きなので、半年ほどあれば日常会話くらいなら、なんとかマスターできそうな気がする。

それから、アルバイトでもいいから働きに出て、桐島さんに負担をかけないよう、自分の稼ぎで弟に送金を……。

見知らぬ土地での生活に対しては、不安よりも楽しみの方が大きく膨らんでいた。見たことのない食材や花々に、新しい出会いが私を待っていると思えば、冒険心が刺激される。

心細くならないのは、頼れる桐島さんと一緒に暮らせるからに違いない。

けれども、それはどこか現実味のない夢物語のように感じ、私は日本にいるべきだという考えが心の大半を占めていた。

この気持ちは、義務感のようなものなのか……。

まだ高校生の弟をひとり日本に残しては行けないと、姉として思うのだ。

そうすると、桐島さんとは、何年続くかわからない遠距離恋愛になってしまい……。

「どうしよう」と今日何度目かの独り言を呟いたら、座卓の下に置いていたスマホが鳴り出した。手に取ると、弟の武雄からの電話であった。

《姉ちゃん、元気？》という弟の声は、心なしかいつもよりさっぱりとして聞こえる。

どうしたのか問うと、今日、引退試合があり、高校部活動での剣道を、これで完全に終わらせたという報告であった。

《やりきったから、なにも悔いはない》という言葉は、本心なのだろう。

清々しく明るい声の調子から、それが窺える。

「お疲れ様。武ちゃんはよく頑張ったよ」と、弟のこれまでの努力と苦労を労えば、照れたように笑う声がした。それから真面目な声で、《これからは大学入試に専念する。絶対に合格するから》と頼もしく宣言してくれた。

武雄の進学希望先は、東北にある、今通っている高校の系列大学であり、入試はあっても外部からの受験生よりは入りやすいと聞いている。加えて弟は真面目で成績がいいので、浪人の心配はしていない。私にはもったいないほどに、立派な弟である。

武雄の話を聞いた後は、《姉ちゃんは最近どう？　桐島さんとうまくやってる？》

と尋ねられた。

ひやかすような口調で言われたのに、私はいつものように照れることができない。

来月から桐島さんがベルギーに戻ってしまうことを、弟にも知らせておかなければと思って口を開いたのだが、「武ちゃん、あのね――」と言った後は言葉が続かなかった。

桐島さんについていくか日本に残るのかを迷っているのだと、弟に話すのをためらっていた。

武雄なら、『行きなよ。俺はひとりでも平気』と言うに決まっているからだ。

それはきっと姉を思っての痩せ我慢で、ひとりぼっちになった弟が心細くならないはずはない。

私が黙り込んだことで、《まさか、ふられたの!?》とあらぬ心配をさせてしまった。

「あ、違うよ！　変わりなくお付き合いさせてもらってるから大丈夫だよ」と慌てて否定すれば、ホッと息を吐き出す音がした。

《よかった。俺、姉ちゃんになにかあったら飛んで帰るから。困ったことや悩みがあれば相談して》

「武ちゃんに、私が相談するの？」

《あ、今、馬鹿にしたな？　弟だけど、俺だって成長してるし、姉ちゃんを支えたい》

成長という言葉で、幼い日の武雄を思い出した。

父が交通事故死した時、五歳だった弟は、心細さのせいか、それとも引っ越しで環境が変わったせいか、ひとりでいることを怖がるようになった。

トイレも入浴もひとりではできずに私が付き添い、夜も私にぴったりとくっつくようにして寝るから心配で、しばらくはどこへ行くにも私たちは一緒だった。

子供ながらに私は、できる限り弟を助けてきたつもりだけど、今思えば、逆に支えられていた面もある。武雄がいてくれたから、私は父を亡くしても悲嘆にくれたり、心折れたりせずに、前を向いて生きてこられたのだ。

なにも心配いらないということを、弟に示したくて……。

私たちはこれまで、お互いを支え合って生きてきた。それはきっと、これからも続くだろう。

少なくとも、武雄が一人前になるまでは近くにいたい。

弟と話したことで、揺れ動いていた心が定まり、勇気づけられる思いがしていた。

ベルギー行きについて、やっと結論を出すことができて、その決意を胸に、姉として生まれた責任を果たそうと口を開く。

「私を支えたいと言ってくれてありがとう。私も武ちゃんがつらい時に、そばで手を差し伸べられる存在でいたいと思ってるんだ。だから、気を使わずに、もっと頼ってよ……」

五分ほどで電話を終えると、少しも見ていなかったテレビをリモコンで消した。

裏庭で秋の虫が鳴いている声が、静かな居間に入り込む。

立ち上がった私は仏壇前に移動して正座をし、手を合わせる。

紫陽花の季節は終わり、仏壇には生花店で購入した秋の花が供えられている。他には、出始めの梨と、水無月堂の黒糖饅頭も。

それらを眺めながら、心の中で祖母に話しかけた。

おばあちゃん、私、決めたよ。

桐島さんにちゃんと説明できるよう、見守っていてね……。

それから一時間ほどが経ち、時刻は二十三時四十五分。

玄関の引き戸が静かに開けられた音がして、桐島さんの帰宅に気づいた。

立ち上がった私は居間を出て、玄関先まで出迎える。

靴を脱いでいる彼に「お帰りなさい」と声をかければ、振り向いた彼が「ただいま」と優しく微笑んだ。

「まだ起きてたんだ。先に寝ていいと言ったのに、待っていてくれたの？」

「はい、あの、話したいことがあって。ベルギー行きのことなんですけど……今、いいですか？　お疲れのところ、すみません」

緊張して、声が少し震えてしまった。それで、私がどんな返事をしようとしているのかを察した様子の桐島さんは、目を伏せて残念そうにため息をつく。

傷つけてしまったと心に痛みを覚える私であったが、目を開けた彼は微笑みを取り戻し、私の頭を撫でてから廊下へと足を踏み出した。

「手を洗って、着替えてくる。居間で待っていて」

「はい……」

数分して、浴衣姿の桐島さんが居間に入ってきた。彼はいつもの食事の席で、座布団の上にあぐらを組んで座った。

私は彼の横に行き、正座をすると、畳に両手をついて頭を下げた。

「私、ベルギーには行きません。ごめんなさい」

桐島さんの顔を見れば、申し訳なさに心が痛くて話せなくなりそうなので、二十七ンチの距離で畳を見たまま、日本に残る理由を口にした。

武雄はまだ高校生で、来春から大学に通い、社会人になるまでには四年以上の年月が必要である。

その間、私は姉として、弟を近くで支えたい。あの子がつらい時や苦しい時に、すぐに帰ることのできる居場所でありたいのだ。

それが一番の理由だが、他に、もうひとつある。

それは祖母への感謝の気持ちだ。

私がいなければ、誰がこの仏壇に花や供物を供え、毎日水を取り替えるのだろう。月命日には、祖母が昔から懇意にしていた寺の住職に来てもらい、お経をあげている。お彼岸と盆の墓参りに、二年後の三回忌と六年後の七回忌の法要など、そういうことは省略せずにきちんと行いたい。

祖母の愛した裏庭の紫陽花とこの建物の手入れをして、可能な限り守り続けたいのだ。それが、父亡き後に、私と弟を育ててくれた、祖母へのせめてもの恩返しだと思っている。

私の気持ちは、義務感のようなものだと思っていたが、桐島さんに説明しているうちに、違うと気づいた。私が、そうしたいと願っているのだ。

これが私の正直な望みである。

ベルギーに行かない理由を、なんとか説明し終えて、私は顔を上げた。

桐島さんと視線が合い、私の心臓が大きく波打つ。

灰青色の瞳は、寂しげな色をしているように感じられた。けれども、私に罪悪感を抱かせないようにするためか、彼は口元の笑みを絶やさない。

その優しい気遣いに、かえって胸が締めつけられ泣きたくなったが、まだ伝えたい言葉があるためグッとこらえて続きを話した。

「桐島さんが不在の間、紫陽花荘を私に管理させてください。人が住まないと傷んでしまうので。それと……」

込み上げる切なさを飲み込んだ私は、震えそうになる声で悲しい予想を口にする。

「私はなにがあっても心変わりしないけど、もし、桐島さんが向こうで、他の女性を好きになったら――」

魅力的な紳士で、男盛りの彼だから、きっとベルギーでもたくさんの女性が憧れることだろう。近くにいない恋人よりも、そばにいて好意を寄せてくれる女性に、彼の心は傾くかもしれない。その時には遠慮なく、私に別れを告げてほしいと言おうとしていた。

けれども、言葉が続かない。彼の望みに応えられず、ついていかないと自分で決めておきながら、捨てられたくないと心が叫んでいるのだ。

わがままな自分を心の中で叱っても、涙が今にも溢れそうで、それ以上、話せなくなる。

せめて泣き顔を見せまいとして、彼に頭を下げてから立ち上がり、台所に逃げようとしたが、居間から出ないうちに後ろから腕を掴まれ、足を止められた。

「有紀子、待って」

私を振り向かせた彼は、涙に濡れる私の頬を両手で包むようにして、その誠実な瞳に映し、低く染み入るような声で語りかける。

「君の気持ちはよくわかった。俺の気持ちも聞いてほしい。有紀子と別れるつもりはない。ここで俺の帰りを待っていて。二年でベルギー社の経営を立て直し、日本に帰ると約束する」

「二年……？」

この前、桐島さんは、何年向こうにいることになるかわからないという話をしていた。それほどに、ベルギー社の経営は危機的状況にあるのだと。

それを立て直すのに、二年で済むのだろうかと、私は目を瞬かせる。

とりあえず、私を安心させるために適当な期限を口にした、という雰囲気ではない。桐島さんの真面目な表情には、不可能を可能にしてみせるという、強い決意と覚悟が滲んでいた。

「ああ」と深みのある声で、彼はしっかりと頷いた。

「時差もあるし、多忙な日々の中ではあまり電話もできないかもしれない。二年間は有紀子に寂しい思いをさせてしまうだろう。それは俺も同じ。寂しくても早く日本に帰るために、必死になろうと思う」

彼の覚悟に私への愛情を強く感じて、胸が歓喜に震えている。

「だから……待っていてくれる?」と心配そうに付け足された言葉に、私は大粒の涙をこぼして何度も頷いた。

「待っています。桐島さん、ありがとう……」

灰青色の瞳が緩やかに弧を描いた後は、唇が重ねられた。

私を抱きしめてくれる頼りがいのある腕と、温かくて優しい唇。

来月になれば、しばらく触れ合えないから、もっと強く抱きしめて、溶けるほどにキスしてほしい……。

そう思う私は、彼の背中に腕を回して、浴衣生地をぎゅっと握りしめていた。

季節は流れ、桐島さんがベルギーへ旅立ってから二度の春が終わり、夏の日差しに照らされる裏庭の紫陽花も、そろそろ花の季節を終わらせようとしている。

九時十五分。容器包装デザイン部は朝礼を終えて、社員たちはそれぞれのデスクで黙々と仕事に取り組んでいた。

私は今、発足したばかりのアイスクリームのパッケージングチームのリーダーを務めている。

モルディジャパンが初めてアイスクリームを発売したのは、私が入社して一年目の、三年ほど前のことになる。

アイスクリームの売上は好調で、さらに種類を増やすことになり、そのためのパッケージングチームが新たに作られたのだ。発売予定は十二月で、カップアイスが二種類と、クリスマス用のアイスケーキが新商品である。

自分のデスクでノートパソコンに向かう私は、チームのメンバーに振り分ける作業内容を記したスケジュール表を作成している。

隣の席は天野(あまの)さんという、ショートボブの黒髪がよく似合う、長身の女性社員だ。

私の後輩である彼女が、「すみません小川さん、ちょっといいですか？」と声をかけてきた。

大学を卒業して就職した彼女は、私と同じ年齢なので敬語はいらないと以前言ったのに、真面目な性格のためか、先輩として私に敬意ある態度で接してくれる。

「ＩＣＰ（アイシーピー）デザイン社の小野田（おのだ）さんから、よくわからない質問メールが届いたんですけど……」

困り顔でそう言われ、私は彼女のデスクに椅子を寄せてパソコン画面を覗き込む。

イラストの外部発注先の担当者からのメールは長文で、要領を得ず、質問の意図がわかりにくく書かれていた。天野さんが困るのも頷ける。

けれども私は、ＩＣＰ社の小野田さんと、昨年のハロウィンに向けた商品で関わったことがあったので、彼のメールの特性を理解していた。

彼に送った発注書を天野さんに見せてもらい、それとメールの文章を照らし合わせて考えて、私は小野田さんの言わんとしている意味を推測した。

それを噛み砕いて天野さんに説明してあげたら、「なるほど！」と彼女がポンと手のひらを打ち、「小川さんはすごいですね」と感心したような顔を私に向ける。

「そ、そんなことないよ。たまたま小野田さんと仕事したことがあったから……」と謙遜すれば、彼女は強く首を横に振った。

「小川さんに質問して、わからないと言われたことがないですよ。入社年数は私と少ししか変わらないのに、経験も知識量も遥か上でなかなか追いつけません。小川さんのようになれるよう、私も頑張らないと！」

熱い褒め言葉をもらってしまい、思わず顔を火照らせる。

恥ずかしくなった私は、照れ笑いしてごまかし、その話を流そうとした。

「天野さん、私の解釈が間違っていたら困るから、小野田さんに確認のメールをしておいた方がいいよ」と助言して、自分の席に椅子を戻した。

桐島さんがベルギーへ行ってからというもの、私はそれまで以上に仕事熱心になり、Ｗｅｂデザインの資格を取得したりと、自分の成長に必要だと思うことはなんでも積極的に行ってきた。

彼がベルギーで難しいプロジェクトを成功させるべく必死になっていると思えば、のんびりと過ごしてはいられない。向上心というよりは、私もなにかしなければ、という焦燥感に駆られての努力である。

それと……仕事にがむしゃらになることで、桐島さんに会えない寂しさを紛らすためでもあった。

彼のいない生活に慣れても、寂しさが消えることはなく、むしろ日々積み重なり、今では山となって私の心に負担をかけている。

それにじっと耐えて、約束の二年が経つのを待っている状況であった。

私の机の奥には、卓上カレンダーが置かれている。キーボード上で動かしていた手を止めて、それを見たのは、八月がもうすぐ終わることを確認したかったためである。

二年の約束の日は九月三十日で、あとひと月ほどだ。

帰ってくる彼を想像すれば、押し潰されそうに重たいこの寂しさにも耐えられる。

早く月日が経ってほしいと願いつつ、私は止めていた手を動かした。


それから数時間が経ち、昼休みに入る。

私は自分の席でいつものように、お弁当箱を開けていた。

天野さんを含め、部署内の三分の二以上の人が、外で昼食を取るために席を外している。

私の周囲のデスクも空席で、静かな昼休みを過ごしていたのだが、お弁当を半分ほど食べたところで、通路を挟んだ後ろの席に三十代の男性社員ふたりが戻ってきた。

彼らは近くの牛丼屋のレジ袋を提げていて、椅子に座ると、話しながら買ってきた昼食を食べ始めたようだ。

ふいに「桐島社長が……」という言葉が聞こえてきて、私は箸を止め、意識を後ろの会話に向けてしまう。

「こっちの経営から手を引いて、ベルギー社に腰を据えるらしいよ。ステーマン社長がそんなことを言ってたって、噂を聞いた」

「そうなんだ。桐島社長に戻ってきてほしかったけど、仕方ないよな。向こうにいたら、こっちの経営状況は数字でしか掴むことができないだろうし、ステーマン社長に全権譲ろうと決めたんだろうな」

私の胸に、動揺の波が広がっていく。

こっちの経営から手を引いて、ベルギー社に腰を据えるとは……日本に帰らないということなの？　そんなの私、桐島さんから聞いてないよ……。

今、モルディジャパンの指揮を執っているステーマン社長は、桐島さんと入れ替わりにベルギー社から来た人で、現在は社長代理だと聞かされている。経営の指示は、ベルギーから桐島さんがしているはずだ。

それは彼が、二年の不在の後にモルディジャパンの社長に戻る予定でいるからで、私はそれを信じて不安にならずに、彼の帰りを待つことができていた。

それなのに、ステーマン社長に経営の全権を譲るとは、帰る意志をなくしたという意味なのでは……。

鼓動が嫌な音で、うるさく鳴り立てる。

約束を破るつもりなのかと、桐島さんに対して懐疑的な思いが芽生えたが、即座にそれを押し潰した。

疑う前に、確認しないと。帰ったら、桐島さんに電話してみよう……。

聞いてしまった噂話のせいで、午後の仕事は集中力に欠き、予定通りに進めることができなかった。


時刻は十九時半。

紫陽花荘に帰り着いた私は、ひとり分の簡単な夕食を作り、祖母の形見である大切なぬか床を混ぜて、新しい野菜を漬け込む。

食事を済ませると、干していた洗濯物を取り込んで、入浴とお風呂掃除をする。

そして、埃がうっすらと溜まっていた二階の廊下に掃除機とモップをかけたら、時刻は二十三時になっていた。

スマホを握りしめた私は、一階の自分の部屋に入り、敷布団の上に正座をする。

和風な天井照明の明かりを最小まで絞った薄暗い中で、スマホ画面に桐島さんの名前を表示させた。

ベルギーのブリュッセルとは、時差が八時間ある。向こうは十五時頃のはずで、桐島さんはきっと忙しく働いているのだろう。

電話をかけようと思ったけど、迷惑かな……。

いつもこうして迷い、私からは、なかなか電話をかけられない。

向こうの時間が昼間だと、仕事の邪魔になると思い、夜の場合は、疲れてもう寝ているかもしれないと考えて遠慮してしまう。

朝は、出勤準備で忙しいだろうと気を使い、電話するのをためらってしまうのだ。

それならば、メールを送ろうと文面を考える。

【桐島さん、お元気ですか?】という書き出しの文章は、その後が続かない。【今日、噂を聞きました】と打ち込もうとして、また迷いが生じていた。

まだ当分、日本に戻れない状況になったのだとしたら、誠実な桐島さんならば、必ず私に知らせてくれるはずである。今日の昼に聞いた話は明確な根拠のない、ただの噂なのに、こんなことで彼を煩わせるのはいかがなものなのか。

それに、桐島さんを信じていないと思われるのは、嫌だ……。

結局、彼の体調を心配する文章と、私は元気で変わらない毎日を過ごしているという内容だけを送信し、スマホを置いて布団に横になった。

最近、桐島さんの声を聞いていない……。

離れて暮らし始めて半年くらいの間、彼は毎週末、電話してくれた。

嬉しくて、週末を楽しみにしていたけれど、彼の声に疲労が滲んでいるのに気づいたら、遠慮せずにはいられなかった。

『寂しくなったら私から電話しますので、無理しないでください。メールで充分ですから……』

そんなふうに言ったのだ。

寂しさは日々募っても、桐島さんへの迷惑を考えれば、私から電話をかけるのは難しく、今までで一度しか彼のスマホを鳴らしたことがない。

私が遠慮したことで、彼からかかってくる電話は徐々に間隔が開き、最後に話をしたのは私の誕生日の五月。三カ月半ほど前のことである。

電話もかけられないほどに多忙を極める彼なので、日本に一時帰国したこともない。

寂しいな……。

寝返りを打った私は、枕の横に置いたスマホをじっと見つめる。

先ほど送ったメールの返信は、まだ来ない。

メールは月に二、三度やりとりしているけれど、【体調を崩してはいませんか？

私は元気にしています】というような、毎回、決まりきった文章になってしまう。

日常の詳細を長文メールで送れば、彼も同程度の長さのメールを返してくれるのがわかっている。相当に忙しい彼を煩わせたくないという思いが、メールを短い定型文のようにさせてしまうのだ。

桐島さんからの返信も、ここ最近は、【心配してくれてありがとう。俺は大丈夫。有紀子が元気そうでよかった】という毎回似たような文面が続いていた。

お互いに気を使いすぎているから、味気ないメールのやりとりだけの交流になっているのだろうか。それとも、遠い海の向こうの彼とは同じ時を過ごせないから、共通の話題を見つけられないせいなのか……。

目を閉じて、桐島さんを想う。

灰青色の優しい瞳と、温かく大きな手が恋しい。

あとひと月ほどなら、私はこの重たい寂しさにも耐えられる。

だから、必ず帰ってきてくださいね……。

噂を聞いた日から半月ほどが経ち、今日は九月半ばの金曜日。

彼はきっと二年で帰ってくる。

それを信じようと決めた私は、仕事に集中することで心を揺らさぬように努力し、今日も忙しく働いていた。

午後はアイスクリームパッケージングチームのミーティングと、他部署との打ち合わせ二件が立て続けにあり、慌ただしい。

それらを終えた十六時、やっと自分の席に戻ってきて、やりかけのデザイン画の調整作業に入ったら、私のお腹が鳴った。

焦ってお腹を抱えるように押さえ、周囲を見回したが、隣の席の天野さんを含め、誰の耳にも届かなかったようで、私を笑う人はいなかった。

ホッとしつつも、恥ずかしさはしっかりと感じており、私の頬は熱くなる。

それで机の引き出しを開け、中から和柄の巾着袋を取り出した。

時々、開発部から試作品のチョコレートが大量に差し入れられるので、この中にストックして、空腹を感じた時につまんでいる。

今もチョコレートを食べようと巾着袋を開けたのだが、残念ながら中は空になっていた。

仕方ない……。

早くやりかけの仕事を終わらせたいと気が急いても、お腹が鳴るのを心配していては集中できそうにないので、私はお財布を手に立ち上がる。

廊下に出て右に曲がり、甘い飲み物を買うために自動販売機に向かっていた。

その途中の、給湯室の横にある掲示板の前に、他部署の男性社員がふたり、並んで立っているのが見えた。

部署移動の時期には、この掲示板に辞令が張り出されるので、社員の注目を浴びるけど、その時期にはまだ少し早い。常時張られているのは献血をお願いするチラシや、健康増進に関する周知ポスターである。

それらを、足を止めてまで読む人はいないのに、彼らは一体、なにを読んでいるのだろうと気になった。

歩速を緩めて彼らの後ろに差しかかったら、男性のひとりが「これ、桐島社長だ」と言ったから、私の足がピタリと止められた。

「へぇ、来日してたんだ。知らなかったな」ともうひとりの男性が応え、私は目を見開いて鼓動を大きく跳ねらせていた。

帰ってきてたって……どういうことなの⁉

「すみません、私にも見せてください！」

血相を変えてふたりの間に割って入れば、彼らは面食らったような顔をしつつも、場所を譲ってくれる。そして、「仕事に戻るか」と私から離れて、廊下を奥へと歩き去った。

掲示板に張られていたのは、社内報だ。都内のとある老舗百貨店の、改装オープン記念式典が、十日前の九月三日に開催されたそうだ。その式典に、【ベルギー社の副社長を務める、シモン・ボルレー・桐島氏が出席した】と書かれていた。

その百貨店内に、モルディジャパンは長年店舗を構えていて、お世話になっている。桐島さんのもとに招待状が届けば、無理をしてでも時間を作り、出席しなければならなかったのだろう。

記事に添えられているカラー写真には、百貨店のオーナーらしき初老の男性と、笑顔で握手を交わしている桐島さんの横顔が写っている。

四×五センチほどの小さな写真のため、二年ほど会っていない彼の変化までは目を凝らしても掴めないが、それよりも、隣で微笑んでいる若い女性が気になった。

ブロンドの長い髪にエレガントな紫色のドレスを身にまとった長身の美女である。

エマさんではなく、初めて見る人だ。

ベルギー社の社員だろうか？　それとも……。

こういう式典やレセプションパーティーには、夫婦で出席するものだと聞いたことがある。未婚の人は、恋人を同伴してもいいらしい。

同伴者が必要であるのなら、桐島さんはどうして私に声をかけてくれなかったのだろうと、不安に心が揺れ出した。

衝撃的な社内報の写真を見つめながら、頭の中には『どうして』という懐疑的な疑問ばかりが渦を巻く。

どうして、私ではない女性を伴うの？

どうして、一時帰国を知らせてくれなかったの？

東京にいたのに、どうして会いに来てくれないの？

鼓動が嫌な音で鳴り立てていた。

苦しくなり、着ているブラウスの胸元を強く握りしめる。

私のこと、どうでもよくなっちゃったのかな……。

考えるのも悲しい推測が、毒霧のように頭の中に広がって、彼を信じる心を蝕（むしば）もうとしていた。

翌朝、七時。

昨夜は桐島さんに捨てられた気がして、ひと晩を泣き明かした。

朝になって涙は枯れ果て、なんとか布団から這い出た私は、重たい足取りで洗面所に向かう。顔を洗って鏡を見れば、目は赤く腫れて、顔全体もむくんでいる。

今日が土曜日でよかったと、息をついた。

こんなひどい顔では、出社できないもの……。

昨夜、桐島さんに宛てて、一時帰国を知らせてくれなかった理由を問うメールを送ろうとしたが、三時間ほど迷って、結局送信できずに消してしまった。

その理由は、別れ話になるかもしれないという、怯えのためである。

それでも心の中には、彼を信じる気持ちがまだ半分ほどは残されていた。

きっと私に連絡できない、なんらかの事情があったに違いないと、思いたかった。

居間に入り、カーテンを開ければ、ガラス戸の向こうに濡れ縁側と裏庭が見える。

空は黒い雲に覆われて薄暗い。そこからポツポツと雨粒が落ちていて、花を落とした紫陽花の緑の葉が、泣いているかのように濡れていた。

「不安に押し潰されそうです……」

桐島さんには言えない思いを、紫陽花に聞いてもらうが、当然のことながら慰めの返事はない。

「桐島さん……」と愛しい彼の名を呼べば、枯れ果てたはずの涙がまた溢れ、私の頬を静かに流れた。

それからも、ため息ばかりの毎日が続く。

別れを告げられるのが怖くて、昨日も今日も、桐島さんにメールひとつ送ることができない。

社内でも、桐島社長は日本に戻らないという噂が定説となっていて、私の心もそれを信じる方へ流されかけている。

けれども、まだ帰国を約束した日ではないので、その日が来るまでは彼を信じていたい……という気持ちは消せずにいた。

そして、なにも行動できないまま、さらに半月ほどが過ぎ、とうとう九月三十日、二年という約束の日を迎えた。

六時半に目覚めてすぐにスマホを確認した私は、布団に向けて大きなため息を吐き出す。

桐島さんから、返事が来なかった……。

約束の日が近づいても、彼から帰国予定を知らせる連絡はなく、悪い予感が膨らむばかりだった。

それで、ありったけの勇気を振り絞った私は、昨夜、零時頃に、ひと月半ぶりに桐島さんにメールを送ったのだ。

社内報の写真についてを尋ねることも、本当に帰ってくるのかと問うことも怖くてできず、たったひと言、【会いたいです】というメールだけを……。

その返事が、今朝までに届かなかった。

今の私は、信じる気持ちよりも諦めが強く、もう涙も出てこない。やっぱり、私はふられてしまったのだと、ため息をつくだけである。

心に喪失感と悲しみが押し寄せているが、不思議とすっきりとした気分でもあった。

それは、期待と失望の狭間で不安定に揺れていた心が、結論が出たことで落ち着いて、もう悩まずに済むからであると思われる。

着替えをして顔を洗い、台所でエプロンを着た私は、炊き立てのご飯を仏飯器に盛り、仏壇へと運んだ。

コップと花瓶の水も取り替えて、正座をして手を合わせることが、私の毎朝の日課である。

桐島さんにふられてしまったことと、ベルギーについていかなかったのだから仕方ないという諦めの気持ちを祖母に報告し、同時に悲しみ一色に塗り潰された自分の心も、納得させようとしていた。

「二年も離れて暮らせば、心もすれ違う。仕方ないことなんだよ……」

深いため息をついた後は、自分の頬を両手でピシャリと叩き、立ち上がった。

今日は月曜日で、出勤の支度をするべく居間を出る。

週始めは、リーダーとして、アイスクリームパッケージングチームのメンバーに、指示出しをしなければならない。

各自に振り分ける仕事を頭の中で整理しながら、今日も忙しい一日になりそうだと、暗く沈んでしまいそうな気持ちを無理やり仕事に向けようと努力していた。


その日、上司に『今日は随分と張り切ってるな』と感心されるほどにがむしゃらに働いた私は、充実感の中で「お先に失礼します」と定時で退社した。

まっすぐに帰宅するのではなく、駅前の不動産屋に立ち寄り、会社から程近くに安く借りられるアパートはないかと尋ねていた。

紫陽花荘を出て、自立しようと考えている。桐島さんから連絡が来るまでは、建物の保全と管理のために、毎週末掃除に行こうと思うけれど、住む場所は別に探そう。

紫陽花荘の所有権は桐島さんにあり、私は預かっているだけだから、恋人関係が終了したなら、無償で住まわせてもらう理由はない。

早々に家探しを始めた理由は、ふられてやけになっているからではない。動き出せば心が前向きになり、悲しみをうまくコントロールできそうな気がするからだ。

桐島さんに対して恨み言はひとつもなく、この胸にあるのは、感謝の思いのみである。

彼が職を与えてくれたから、贅沢をしなければ、私と弟の生活費、学費は給与で賄えると思う。

足りなければ、紫陽花荘を桐島さんに買ってもらった時の貯金を崩せばいい。

不動産屋の担当者は若い女性で、愛想のいい笑顔で対応してくれた。

私が希望する１Ｋの安アパートは、会社から電車一本で通勤できる距離に五軒ほどあった。間取りや家賃の書かれた用紙をプリントアウトしてもらい、内覧は後日申し込むということで、不動産屋を後にした。

電車に乗り、二駅先で降りて外に出れば、見慣れた駅前の景色が茜色に染められていた。

ロータリーの客待ちのタクシーも、新しいマンションの外壁も、居酒屋の入れ替わりが激しい鄙びた雑居ビルも、全てが穏やかで暖かな色に塗られている。

まるで私に『お帰り』と言ってくれているような気がして、自然と口元に笑みを浮かべていた。

いつもの道を紫陽花荘に向けて歩きながら、美しい夕焼け空を楽しめば、西の方角に一番星を見つけた。

沈む夕日の眩しさに負けじと輝くその星に、桐島さんの幸せを祈る。

どうか、桐島さんの未来が、彼の望んだ通りに描かれていきますように……。

彼は私の恩人である。約束通りに日本に帰ってきてくれなくても、その事実は変わらない。

祖母が急死した三年ほど前、目の前が真っ暗になった私を支えて、未来への道を照らしてくれたのは彼である。桐島さんが紫陽花荘を買い取ってくれたおかげで、思い出の詰まった大切な建物を壊さずに済んだのだ。

就職の面倒もみてくれて、充分な給料をもらい、安定した生活を送ることができるのも、彼が助けてくれたからである。

そして、私に愛を教えてくれたのも、桐島さん……。

今は私から心が離れてしまったようだけど、二年前まで与えてくれた愛情に、嘘はないはず。

彼に抱きしめられ、唇を合わせて、愛を囁いてもらった思い出は、これから先もずっと大切にしていきたい。

忘れてしまった方が、ふられた傷を早く癒すことができるかもしれないけど、どれだけ痛くても、思い出は捨てられない。

私はこの先もずっと、桐島さんを愛していたいから……。

人の賑わう繁華街を横道に折れて、車線のない細道を進む。高層マンションに囲まれた中通りは、夕焼けの光が届きにくいので、駅前の通りよりもずっと薄暗かった。

紫陽花荘の前に着いた私は、玄関前で「あれ……？」と独り言を呟いた。

玄関の引き戸の曇りガラスが、ぼんやりと明るいのだ。

玄関の電気をつけっぱなしにして、出勤したのだろうか？

そう考えたが、朝は電気をつける必要がないので、その可能性は低いと思われた。

もしかして……。

ふと予想したことに、心が騒めき出す。

桐島さんが帰ってきたのではないかと期待しかけて、慌ててそれを否定した。

メールの返信もないのに、そんな期待を抱いてはいけない。喜んでしまえば、玄関を開けてただの消し忘れだと判明した時に、また傷ついてしまうから。

もう、悲しみの涙を流したくない……。

しかし、どんなに自分に言い聞かせても、玄関の鍵を開ける手が震えてしまう。

鼓動が早鐘を打ち鳴らしているのは、期待と諦めが、胸の中でせめぎ合っているせいであった。

なんとか鍵を開けて、そっと引き戸を開いたら……そこには、大きな黒い革靴が一足、揃えて置かれていた。

武雄のものではない。こんなブランド物の高級な革靴は、大学生の弟にはまだ早すぎる。

「桐島、さん……?」

靴を見つめながら、彼の名を口に出してしまったら、もう期待を止められなかった。

玄関の床にショルダーバッグを落とした私は、脱いだ靴も揃えずに廊下に上がって駆け出し、明かりの灯る居間に飛び込んだ。

そこで、ピタリと足が止まる。

着流し姿で、座卓の前にあぐらを組み、私に向けて微笑む桐島さんがいた。

「有紀子、お帰り。ただいま、と言った方がいいかな?」

丸二年ぶりに見る彼は、少し痩せていて、目の下にはクマがあり、疲労した顔つきに見える。けれども、灰青色の瞳は生き生きと嬉しそうに輝いていた。

　ドア前で立ち尽くし放心している私に、彼は座ったままで体を向けると、両手を広げて「おいで」と優しい声で呼びかける。

「桐島さん……‼」

　その胸に勢いよく飛び込めば、堰(せき)を切ったように大量の涙が溢れ出す。

　強く抱きしめられ、私も縋りつくように彼の背に腕を回した。

　むせび泣く私の様子で、どれだけ寂しさを我慢していたのかは伝わったようで、彼が耳元で「すまなかった……」と申し訳なさそうに謝った。

「なんとしてでも二年で帰りたいという思いから、仕事漬けの日々を送っていたんだ。有紀子に連絡しようとしても――」

　桐島さんが言うには、最初の頃は週末に電話をする余裕もあったのだが、次第に休みも取れないほど忙しくなった。毎日のように気にかけてはいても、時差に合わせようとすれば、電話やメールをする暇さえ見つけられなくなっていったのだとか。

　加えて、以前、『寂しくなったら私から電話しますので、無理しないでください』と私が遠慮したため、『もしや自分の電話がかえって、有紀子の心に負担を与えているのでは……』と彼は心配し、気軽に連絡できなくなったそうである。

やはり私たちは、お互いに気を使いすぎていたみたい。

毎日、私のことを気にかけてくれていたと知り、嬉しくて胸が痛い。

それと同時に、彼をそれほどまでに忙しくさせてしまったのは、二年という短い約束の期間のせいで、私に非があるような気がして申し訳なく思った。

涙声で「すみません……」と謝れば、私の頭を撫でた彼が、温かな声でフォローしてくれる。

「違うよ。俺が二年しか耐えられなかったからだ。常に有紀子を求めていた。それ以上離れて暮らすのは、無理だったんだ」

「その甲斐あって――」と彼は、仕事の成果について明るい声で話し出す。

プロジェクトは成功し、ライバル社は同時開店した十店舗を、この夏までに半数に減らしていて、数年内には撤退するのではないかと予想しているそうだ。

とりあえずの脅威は去り、西ヨーロッパでの売上も回復の兆しが見えてきたらしい。

まだ完全復活とまでは言えないので、あと半年ほどベルギー社にいるべきかと、つい最近まで悩んでいたそうなのだが、二日前、代表を務める彼の叔父に『もう充分だ。日本に帰りなさい』と言われたのだという。

休暇を取れと叔父が命じても従わず、このままでは、桐島さんが過労で倒れてしまうと心配されたみたい。

彼の胸に預けていた頭を持ち上げ、顔を見合わせる。

私の涙はやっと量を減らし、クリアな視界で灰青色の瞳を見ることができた。

彼の苦労と努力を「すごく大変な思いをされていたんですね……」と労い、「帰ってきてくれて、ありがとうございます」とお礼を言えば、彼は微笑んだ。

「俺の方こそ、信じて待っていてくれてありがとう」

お礼の言葉を返されて、私はギクリとし、目を泳がせてしまう。

半月ほど前までは信じて待っていたけれど、社内報を見てしまった後は彼を疑う気持ちが芽生え、今日は完全にふられたものだと諦めていたからだ。

桐島さんは、約束の二年を守ろうと寝る間も惜しんで、必死になってくれていたというのに、私は……。

罪悪感からうろたえれば、「どうした？」と問われる。

恐る恐る視線を戻すと、心配そうな目を向けられて、「実は、もう駄目かと思ってたんです……」と、私はおどおどと白状した。

ここ最近の自分の気持ちを正直に打ち明け、信じきれなかったことを謝れば、彼は笑って許してくれた。

そして、社内報に載せられていた、老舗百貨店の式典について弁解を始める。

「日本に一時帰国したといっても――」

式典が終わればとんぼ返りで、すぐに空港に向かったそうだ。私に知らせなかったのは、会う時間が取れないとわかっていたからで、かえって私に寂しい思いをさせてしまうと配慮したためらしい。

ちなみに、写真の隣に写っていた女性は彼の秘書で、もっと時間に余裕があったなら、私を伴って式典に参加したかったと、桐島さんは話してくれた。

彼は私の頬を両手で包む。親指の腹で優しく撫でながら、ばつが悪そうな笑い方をした。

「日本社の社内報に載せられるとは、思わなかった。余計な心配をかけてしまって、すまない。連絡しておいた方がよかったな……」

私への気遣いであったとわかれば、すっかり安心感が戻ってくる。

「あの、昨夜、私が送ったメールは？」と、返信がなかったことについても尋ねたら、彼の眉がハの字に下がる。

帰国が決まったのはわずか二日前で、それからは仕事の引き継ぎなどで慌ただしくしていたため、連絡する暇がなかったそうだ。直行便の飛行機のチケットも取れず、日本まで二十時間ほどかけて帰ったのだと知らされた。移動中は疲れ果てて眠り込み、スマホの充電も切れてしまった。

　私のメールに気づいたのは紫陽花荘に帰り着いてからだそうで、それについても「すまない」と謝られた。

「焦っていたんだ。二年で帰れないのではないかと。それで仕事ばかりに意識を向けてしまい、君へのフォローが疎かになっていた。そのせいで随分と不安にさせてしまったようだ。本当に申し訳ない……」

　何度も謝ってくれた彼に、「謝らないでください」と私は首を横に振った。

「私のために無理をしてくれて、ありがとうございます。帰ってきてくれただけで幸せで、もうなにもいりません」

　すると桐島さんがフッと笑い、その瞳に急に大人の男の色香を醸す。

　人差し指で私の唇をなぞり、「俺のキスもいらない？」と甘い声で問いかけるから、私は耳まで熱くした。

「それは……欲しいです」

　恥ずかしさに小さな声で答えれば、顎をすくわれて、胸が高鳴る。

　そっと触れた彼の唇は、柔らかくて温かい。最初は私の唇を撫でるようにゆっくりと動いていたが、すぐに深く、濃い交わりとなる。

ここだと、おばあちゃんに見られてしまうから……という気持ちは、湧かなかった。

彼を求める気持ちがなににも勝り、私からも積極的に唇を合わせて、久しぶりのキスに夢中になる。

彼も欲情を止められないようで、私を畳の上に優しく押し倒すと、馬乗りになり、さらに激しくむさぼるように私を味わった。

やがて彼の唇が首筋から、鎖骨、さらにその下へと移動を始める。

快感に喘ぐ前にと、私は言いそびれていた言葉を口にしようとする。

「桐島さん」

「なに？」

「お帰りなさい……」

紫陽花荘で、また彼との暮らしが始まるのだと思えば、私の胸は歓喜に震える。

嬉し涙が一筋、目尻からこめかみを伝って畳へと流れ落ちた。

特別書き下ろし番外編

約束の日に、君を抱きしめる

ここはベルギーの首都、ブリュッセル。

世界遺産の多い美しい街並みは中世の趣があり、〝小パリ〟とも呼ばれている。

桐島の自宅は、世界で最も美しい広場だと評されている観光地グランプラスから、五百メートルほど離れた住宅地にあった。

彼が帰宅したのは、深夜零時を回った時刻。それでも今日はいつもより、二時間ばかり早い。

無言で玄関扉を開けたのは、『ただいま』と言ったところで返事がないのはわかっているからだ。

彼の両親は今、ベルギーではないどこかの国に、演奏旅行に出かけている最中で、それはいつものことである。

と思ったが……ふと聞こえたバイオリンの音に、彼は顔を上げて薄暗い廊下の奥を見た。

二階建ての12LDKという大きな屋敷には、遮音性の高い練習室が設けられていて、母のグランドピアノと父のバイオリンが置かれている。しかし古い建物をリノベーションしてから三十年ほどになるので、遮音ドアと壁の境に隙間ができて、音が漏れるのだ。

このバイオリンの流麗な調べは、間違いなく父が弾いている。

(帰ってきてたのか……)

そう思った彼だが、父のいる練習室に向かわずにリビングの白いドアを開けた。

仕事の疲れが足にもきており、早く座りたい心境であったためだ。

広々と二十畳ほどもあるリビングダイニングは、アールヌーボー調のインテリアでまとめられている。暖炉風の暖房器具がリビングの右奥にあり、六人掛けのソファセットがその前に置かれている。左側はキッチンとダイニングスペースで、両親は滅多に料理をしないが、彼が子供の頃は家政婦がいたため、ひと通りの調理器具は揃っていた。

三カ所の間接照明を灯せば、飾り柱や存在感のある女神の彫像が、橙色に照らされる。暖炉に火は入っていなかった。

ブリュッセルの九月は東京よりも寒く、朝晩は十度ほどまで気温が下がる。

ジャケットを羽織ったままの桐島は、キッチンで湯を沸かして、日本から持ってきた茶葉で緑茶を淹れた。

紅茶のカップに注いだ緑茶を手に、ソファに体を沈め、息をつく。

（疲れた……）

日本暮らしに慣れてしまった体は、畳の上に足を投げ出して座ることを要求しているが、残念ながらこの家に和室はない。

緑茶を飲んで、ほんの少しだけ体力を回復させた彼は、ジャケットの内ポケットからスマホを取り出した。

日本に残してきた恋人から、メールが届いていないかを確認するためだ。

（最近、有紀子からのメールがないな……）

そのことが少々引っかかってはいるが、きっと彼女も忙しい毎日を過ごしているのだろうと、彼は推測する。

有紀子は真面目な性分である。桐島が必死に働いているなら、自分も努力しなければと、これまで以上に仕事熱心になっていることが予想できた。

『寂しくなったら私から電話しますので、無理しないでください。メールで充分ですから』と以前、彼女に言われたこともあった。

有紀子は気を使いすぎるところがある。けれども、自分からの連絡がかえって彼女の心の負担になっているのでは……と考え、電話を控えている彼もまた、気を使いすぎているのだろう。

日本時間を計算すると、今は八時頃。有紀子は出勤の支度に忙しい時間だと思われた。久しぶりに恋人の声を聞きたいと思う桐島であったが、今電話をかければ迷惑になると遠慮してしまう。

(寂しいな。だが、あと少し。四週間ほどで日本に帰れる……といいのだが)

約束の二年までひと月を切り、桐島は焦っていた。

進出してきたライバル社は撤退の構えを見せ、モルディの経営は持ち直している。それでも、まだまだ気を抜くことはできない状況であった。

なんとしても二年という約束を守りたい……その気持ちは彼の中に十二分にあっても、それを実現できるかは不透明である。

(有紀子に余計な心配をかけたくないから、滞在延長がはっきりするまでは、知らせないでおくか……)

カップに残っている緑茶を飲み干し、深いため息をついたら、微かに聞こえていたバイオリンの音がやんだ。

廊下に足音が聞こえ、リビングドアが開き、彼の父親が姿を現した。

七十近い年齢を感じさせない若々しい肌艶をして、短く切り揃えた髪に交じる白髪も少なめだ。少々お腹が出ているが、その年齢の日本人男性にしては大柄な百八十センチの高身長で、見目好い顔立ちをしている。燕尾服をビシッと着込んで、コンサートの舞台に上がれば、巨匠の風格を漂わせる紳士であった。

息子の桐島は、壇上に立つ父を見るたびに憧れ、受け継ぐことのできなかった音楽的才能に尊敬の念を抱いていた。

けれども、たまに家に帰ってくる父親は……よく言えば自由人で、悪く言えばいい加減な男である。父親が着ているボタンダウンシャツは、ボタンを掛け違えていて、アイロンをかけていないため皺だらけであった。茶色のズボンは何十年も部屋着として愛用しているもので、裾にほつれがあり、膝が出ている。履いているスニーカーは、白がグレーになっていた。

息子として、もう少し身なりに気を配った方がいいとアドバイスしたことが過去に何度もあったのだが、そのたびに笑って流されてしまい、父親に改善の意思がないので無駄なのだ。今ではもう、すっかり諦めて、桐島は注意をするのをやめてしまった。

「シモン、お帰り。夜遊びか？」と笑いながら言う父はキッチンに入り、冷蔵庫からパックの牛乳を取り出している。それをコップに注がずに直接口をつけて飲むと、残りは調理台の上に放置して、しまうことも捨てることもなかった。

それから父親はこちらにやってきて、桐島の向かいのソファに腰を下ろした。

ずぼらな父の行動にいちいち指摘を入れていたら疲れてしまうため、桐島は牛乳に関して、見て見ぬふりをする。けれども『夜遊びか？』と問われたことについては、「違う、仕事だよ」と否定しておいた。

この会話が、有紀子の耳に入るはずがないとわかっていても、女遊びをしていると疑われたくなかったためだ。

真顔の息子の返事に、父親は笑って言う。

「こんなに遅くまで仕事とは、まったくお前は真面目だな。俺よりずっと日本人気質だ。もっと遊んだらどうだ？　恋人はいないのか？」

からかうような調子の問いかけに、桐島は『疲れているからやめてくれ』と思いつつも、三カ月ぶりの父親との会話を続けようと努力する。

「いるよ。日本で俺の帰りを待っている。だから早く帰るために、こうして深夜まで仕事を――」

父親が突然、膝を叩いて前のめりになり、恋人がいるという返事に食いついてきた。

「日本の女の子か？　どんな子だ。写真を見せてくれ！」

桐島のスマホに有紀子の写真は十枚ほど入っているが、それを見せることに彼は戸惑う。

なぜだろう。友人には進んで見せて自慢しているというのに、父親に対してはそのような気持ちにならないのだ。

自分の恋人を『可愛いな』と褒められるのも、逆に『俺の好みとは違う』と言われるのも、腹立たしい気分になりそうだ。

それで彼は、疲れた体でソファから立ち上がると、壁際のオープンラックの前に移動した。

そこにはイタリア製のクリスタルの置物や、フランスの有名ブランドの陶器やプリザーブドフラワーのオブジェなどが飾られている。

西洋風の置物の中で一点だけ、和の趣のある飾り物が並んでいた。それを手に取った彼は、父親の座るソファに歩み寄り、「俺の恋人」と言って手渡した。

受け取ったものを眺める父親は、「こけし……」と呟いて目を瞬かせている。

桐島の言い方では、いささか説明不足であったのかもしれない。

『俺の恋人に似た人形』だと言うべきであったのだが、疲労と煩わしさから、父親に誤解を与えてしまったようだ。

息子にこけしを返した父親は、哀れむような視線を向けている。

「日本で女の子に相手にされなかったのか？　日本人は保守的なところがあるから、お前の西洋風な面立ちが敬遠されたのかもしれないな。そう落ち込むな。こっちではモテるだろ」

そう言って勘違いの慰めをした後に、「めげずに人形ではなく、人間の女の子にアタックしてみろ」と励ますのであった。

そうではないと桐島は訂正しようとしたが、その前に父の携帯電話が鳴り出した。

ズボンのポケットから取り出して電話に出た父親は、陽気な声でワハハと笑い、「もちろん行くとも！」と返事をしている。そして電話を切ると、「飲みに行ってくるな」と言い置き、嬉しそうな顔をして出かけてしまった。

父は交友関係が広く誘いも多いが、深夜に突然電話をかけてくる相手といえば、ただひとり。五十年来の付き合いだという、近所に住むフランクおじさんだろう。

きっとフランクおじさんの家で飲み明かし、ひと眠りして、帰宅は昼過ぎだと思われる。いつものことだ。

ため息をついた桐島は、父が開けっぱなしにしたリビングドアを閉め、それからキッチンへ。調理台に放置してある牛乳パックに、油性ペンで【父専用】と書いて冷蔵庫にしまい、もとのソファに座った。

こけしの頭を撫でて、その額に唇をつけ、有紀子を恋しがる。

（会いたいな……）

父は相変わらずの自由人で、少しは落ち着いたらどうだと言いたくなる性格をしているが、母も似たようなところがある。身なりこそきちんとしているけれど、この家にたまにしかいない理由は、仕事が三分の二、人付き合いが三分の一、といったところだろうか。

決して息子を愛していないわけではないと思うが、自由奔放な人なので、桐島が幼い頃から留守がちであった。子供の頃は寂しくて、『行かないで』と母親に泣きついた記憶が彼にはある。

（だから俺は、有紀子に惹かれたのかもしれないな……）

桐島は、こけしを見つめながら、ふとそのように考えた。

有紀子は家庭的な性格で、遊び歩くことはなく、仕事以外は家にいることを好むタイプの女性である。桐島が帰宅するといつも笑顔で『お帰りなさい』と迎えてくれて、真心のこもった美味しい手料理で、彼のお腹と心を温めてくれるのだ。

桐島はそれに、なににも代えがたい幸せを感じていた。

このこけしのように愛らしい彼女の容姿も、もちろん彼の好むところである。

紫陽花荘に帰りたいと、彼は強く感じていた。

有紀子の笑顔が見たい。『お帰りなさい』と言われたい。

(だが、中途半端なまま、仕事を投げ出して帰るわけにはいかないんだ……)

目を閉じて、有紀子を思い描く。

そうしながら桐島は、座ったままで深い眠りに落ちてしまった。


それから三週間ほどが経ち、九月二十八日になっても、まだ帰国の判断がつかず、桐島は悩みの中で仕事をしていた。

十五時の会議室では、売上の期待値に届かなかった販売エリアについての戦略会議が開かれている。重厚感ある楕円のテーブルには二十人が着席し、桐島のいとこである取締役のエマ以外は皆、彼より年上だ。

前方のプロジェクタースクリーンの前に立ち、グラフや表についての説明を終えた四十代の社員に、桐島が抑えきれない苛立ちの滲んだ低い声で意見した。

「あなたの提案は、現実的ではない。その理由はふたつあります。ひとつは――」

桐島の鋭い指摘に、社員の表情はみるみる強張っていく。

「もう一度、練り直してください。今度は実行可能なものを。今日の会議はこれまでにしましょう。これ以上、時間を費やしても意味はない」

厳しい言葉で会議を終わらせた桐島に、社員は「わかりました」と肩を落とし、皆はガタガタと、椅子を鳴らして立ち上がった。

その中から、こんな話し声が聞こえてくる。

「副社長、今日は一段と厳しいな」

「おい、今は駄目だ。聞こえるぞ」

ひそひそと声を潜めた会話を耳にした桐島は、小さなため息を机上にこぼす。

日本社で社長をしていた時の彼は、どちらかといえば優しいと部下に評価されていたが、こちらに来てからはすっかり恐れられる存在になっていた。

時間がないという焦りからフォローの言葉をかけ忘れることがたびたびで、それについて申し訳なく思っていた。

彼の隣で資料を手に立ち上がったのは、エマだ。

会議室を出ていこうとしている彼女を呼び止めた桐島は、「すまないが、彼のフォローを」と、落ち込んでいた社員の慰め役を頼んで、自分はノートパソコンに向かった。

部下が導き出せなかった問題の解決方法について、頭を悩ませる。

同時に、有紀子についても考える。

二年で帰れるかもしれないという可能性を消せず、連絡をぎりぎりまで先延ばしにしてしまったが、もう約束の二日前である。今夜、電話して話さなければならない。

まだ当分帰れない状況であることを説明し、約束を守れなかったことを詫びよう。

有紀子なら怒らずに許してくれるに違いないが、がっかりさせてしまうと思えば、桐島の心は痛みを覚えるのであった。

その時、背後から誰かに肩をポンと叩かれた。

自分しかいないと思っていた会議室内に、もうひとり、残っている人物がいた。

肩越しに振り向くと、後ろに立っているのは、モルディグループの代表である彼の叔父であった。

桐島の顔立ちは母親似で、母の弟である叔父とも、瞳の色や鼻の形が似ている。

社外では『ウォルター叔父さん』と親しげに呼んでいるが、今は「社長?」と呼びかける。

すると叔父は、身内の情を感じさせる優しい目に桐島を映し、「シモン、体調は大丈夫なのか?」と彼を心配した。

「昨夜は社に泊まったそうじゃないか。徹夜は駄目だ。体を壊すぞ」

眉間に皺を寄せている叔父を安心させようと、桐島は口元に笑みを浮かべて言った。

「二時間ほど仮眠を取ったから問題ない。健康そのものだよ」

けれども叔父の心配は解けないようだ。「そんなはずはない。鏡を見てみろ。ひどい顔色をしているぞ」と指摘されてしまった。

鏡は持ち合わせていないので、桐島は自分の顔を撫でてみる。

少々頬の肉が落ち、昨日の朝から剃っていない髭がざらついた感触を手のひらに与えたが、ひどいと言われるほどの変化は感じられなかった。

わからないという意味で肩を竦めた彼に、叔父は小さなため息をついて、隣の椅子に腰掛けた。そして、「なぜそんなに結果を急ぐんだ?」と深刻そうな顔をして問いかける。

「シモンのお陰で業績は回復の兆しを見せているじゃないか。成果が数字となって表れるには、あと二、三年はかかるだろう。お前ならそれをわからないはずがないよな?」

「ウォルター叔父さん……俺は急がなければならないんだ。二、三年も待てない……」

「聞かせてくれ。なぜ焦っているのかを」

桐島の方に体を向ける叔父は、真剣な目に、やつれた甥を映している。

桐島は困っていた。

日本で恋人を待たせているという話は、これまで叔父にしたことはない。それは桐島個人の事情であり、叔父には関係のないことだと思っているからである。

それに加えて、ベルギー社での仕事を嫌々引き受けたと思われたくなかった。恩ある叔父の力になりたいという気持ちを、疑われたくなかったのだ。

どうするか……と返事に迷い、黙り込んだ桐島に、叔父の方から「恋人か？」と問いかけてきた。

驚いた桐島が「なぜそれを？」と尋ねると、「エマに聞いた」と叔父はため息交じりに言う。

「とても可愛らしくて料理上手な女性だと教えてくれた。シモンが心の底から大切にしている最愛の恋人だとも言ってたな。彼女に、何年で帰ると約束したんだ？」

そこまで知られているなら仕方ないと、桐島は大きく息をつき、正直に打ち明けた。

「二年。約束の日は明後日だ。だが……有紀子には今夜電話して、約束を守れないと謝るよ」

「なるほどな……」

叔父は腕組みをして天井を見上げた。なにかを考えているような顔をしている。一分経ってもそのままなので、桐島は待つのをやめて、意識を目の前のノートパソコンに移そうとした。

それと同時に、「よしっ！」と叔父が大きな声を出して膝を叩いたから、驚いた桐島は肩をビクつかせる。

「シモン、引き継ぎを私が受けよう。今すぐだ。社長室に移動するか」

そう言って立ち上がった叔父は、なにかを決意したような揺るぎない視線を桐島に向けた。

「なんの引き継ぎ？」と桐島が目を瞬かせれば、「やりかけの仕事の全てだ。シモンは日本に帰りなさい」と言われて、彼はまた驚いた。

「まだ帰れる状況じゃ――」

「ここにいたら、過労で倒れるんじゃないか？　それは困る。なぁに、ここからは私とエマでなんとかするさ。大丈夫。シモンのおかげで明るい兆しは見えてきたんだ。お前には感謝している。シモンをこっちに寄越してくれた恋人にもな」

「ウォルター叔父さん……」

「約束は守らないと駄目だ。帰りなさい」

叔父の言葉は嬉しいが、本当に帰っていいのかと桐島はまだ迷いの中にいる。

けれども、叔父の清々しい笑顔を見ていたら、自分がいなくてもなんとかなるのではないかという楽観的な心境になってきた。

「日本に帰りたい……」と本音を漏らしたら、昔よくしてくれたように叔父の大きな手が頭にのり、ワシワシと撫でられた。

放任主義の両親のもとで育っても、桐島が愛情に飢えずに暮らすことができたのは、ひとえに叔父のおかげである。

今も叔父からの愛情を感じて、桐島の目は潤みそうになっていた。

「ウォルター叔父さん、ありがとう」

「それは私の台詞だな。さぁシモン、時間がないぞ。日本に帰るために動き出そう」

それからの桐島は、めまぐるしいほどに忙しい時間を過ごしていた。

やりかけの案件を叔父に引き継いで、未処理の書類に急いで目を通してサインをし、帰国のための手続きをする。

飛行機のチケットを予約するのも、忘れてはいけない。

ブリュッセルから成田(なりた)までの直行便は、すでに空席がなく、パリを経由して、到着地が関西国際空港という経路でのチケットしか確保できなかった。ブリュッセルの自宅を出てからだと、紫陽花荘に着くまでは、おそらく二十時間近い所要時間となるだろう。

帰国の準備に慌ただしくしていたため、有紀子に知らせのメール一本送る余裕もない。

翌日、飛行機に乗り、離陸する前にメールを送ろうと思ったが、蓄積した疲労と連日の睡眠不足から、シートに座るなり、気を失うように眠りについてしまった。

ようやく日本の地を踏んでスマホを見れば、今度は充電切れで連絡が取れない。

しかし、数時間後には会えるのだから、知らせは不要かという気持ちになっていた。有紀子を驚かせてみたいという、いたずら心が芽生えたのも正直なところだ。

そうして約束の日の十六時過ぎに、桐島はやっと紫陽花荘に戻ってきた。

有紀子はまだ仕事中で、帰宅は二、三時間後であろう。彼女の『お帰りなさい』をすぐに聞けないのは少々残念だが、桐島の口元には笑みが浮かんでいる。

玄関の引き戸を開ける軋んだ音や、古い日本家屋の香りが懐かしくて、胸にジンと迫りくる。

靴を脱いで廊下を進み、台所を覗いて階段を見上げる。

二年前となにも変わらないのが嬉しい。古くても、掃除は行き届いて、気持ちのよい住環境である。

洗面所の前を通り、居間に入った。久しぶりの畳の感触を喜ばしく思いながら、まずは仏壇前に座って帰宅の報告をする。

遺影の大家さんは、優しく微笑んでいて、桐島の帰宅を喜んでくれているように感じた。

それから彼は、大きなスーツケースを二階の自室にしまい、シャワーを浴びて、三日分の無精髭をさっぱりと剃り落とした。

着流しを着るのも久しぶりで、自分の中に流れる日本人の血を感じる。

ホッと和むことのできる楽な格好をした彼は、居間に戻ると、座卓の前の座布団にあぐらを組んで座った。

裏庭から入る弱い光はやや茜色を帯びて、壁掛けの振り子時計は、十七時十五分を指している。

有紀子の帰宅時間に早くならないかと気が急いているが、こうして胸を高鳴らせて彼女を待つ時間も悪くないと思っていた。

フッとひとり笑いをしてしまったのは、初めて有紀子に出会った時のことを思い出したからである。

（セーラー服姿の有紀子は、天使のように愛らしかったな……）

彼が下宿屋に興味を持ったのは、少年の頃のことである。父の書斎で日本のマンガ本を見つけたのだ。

それは下宿屋の物語で、主人公は大学受験に失敗した浪人生の青年で、管理人は若く美しい未亡人の女性であった。大和撫子でチャーミングな面もある管理人の女性は魅力的であったと、桐島は今でも記憶している。

それを期待したわけではないが、モルディジャパンの社長就任が決まり、日本での住まいを探そうとした時に、下宿屋を覗いてみたいという気持ちになっていた。

それは、中がどうなっているのか、少し見せてもらおうという程度の軽い気持ちであったのだが……対応してくれた可憐な少女に、彼は魅了されてしまったのだ。

桐島をもてなそうと、一生懸命に尽くしてくれる彼女の心の清らかさに、あの時の彼は確かに惹かれていた。

他の下宿人たちと交流するのが面白そうだというのもあったが、紫陽花荘に住むことを決めた最たる理由は、有紀子がいたからである。

この天使のような少女の成長を、そばで見ていたいと思ったのだ――。

懐かしく思い出しているうちに、部屋の中は随分と暗くなっていた。

周囲を高層ビルに囲まれている紫陽花荘は、夜が訪れるのが早い。

立ち上がった桐島は、居間の明かりをつけ、玄関も明るくしておこうと、廊下に出た。

薄暗い廊下を、床板を軋ませながら歩き、玄関の電球を灯したら……また思い出が蘇（よみがえ）る。

（ここで、初めて有紀子を抱きしめたんだよな……）

それは三年前の春のこと。エマをいとこだと言い忘れて連れてきたことで、恋人だと有紀子に誤解させてしまった。

彼女を苦しめたことは今でも反省しているが、後悔はしていない。あの出来事があったからこそ、有紀子が彼に恋をしているのだと知ることができたのだ。

桐島はそれまで、有紀子を恋愛対象にしてはいけないと自制しながら生活していた。出会った時の彼女がまだ高校生であったため、彼女が大人になってからもその気持ちを変えるきっかけを見つけられずにいたのだ。

あの出来事がなければ、桐島はまだ、心にかけていたブレーキを外せなかったことだろう。

有紀子の気持ちを知り、自分からも愛を告げた後は、もう歯止めが利かなかった。

腕の中に閉じ込めて、独占したくなる。

柔らかな体を、早く己のものにしたいという欲望も込み上げて……。

ウブな有紀子に合わせて、ゆっくりと恋愛を進めようと我慢していたが、男としては恋人を抱けずにひとり寝の夜を過ごさねばならないのは結構つらかった。

その分、有紀子を初めて抱いたあの夏の夜は、これまで味わったことがないほどの満足感と幸せに溺れたものだ。

絹織物のように滑らかで無垢な肌に口づけし、控えめな膨らみを両手で包めば、彼女は女の顔をして甘い吐息を漏らしてくれた。

早く抱きたいのに、汚したくないと思ってしまうほどに、愛しくて——。

過去を振り返った桐島は、玄関の引き戸を見つめていた。ピタリと閉じたままで、まだ有紀子の帰宅の気配はない。

時刻は十八時を過ぎたところで、今頃は退社しようとしているところではないかと推測した。

早く帰っておいでと思いながら、彼は居間に引き返す。

すると、壁際で充電していた彼のスマホが、メールの着信を告げていることに気づいた。開いてみると、それは有紀子からのメールで、日本時間の昨夜に送られてきたものであった。

【会いたいです】と、たったひと言だけのメールに、桐島は胸が締めつけられる。

離れて暮らしていた二年間、有紀子は寂しいとは一度も言わなかった。

帰国を催促するようなメールもない。

約束の日が迫っても桐島から帰国の知らせがなかったことで、ポロリと本音を漏らしたようなメールであった。

（俺は有紀子に、随分と我慢させてしまったようだ。きっと寂しさに涙した夜もあったのだろう。申し訳ない。だが……俺は帰ってきたよ。もうすぐ会える。君はどんな顔をしてくれるかな……）

それから四十分ほどして、玄関の引き戸が開けられた音がした。

桐島は座ったまま居間のドアの方を向き、その時が訪れるのを胸を高鳴らせて待っている。

廊下を駆ける足音が聞こえ、ドアが勢いよく開けられたら……二年ぶりの愛しい彼女をやっと目にすることができた。

「有紀子、お帰り。ただいま、と言った方がいいかな?」

信じられないと言いたげに、両手で口元を覆って放心している有紀子は、桐島の記憶にある彼女より、少しだけ大人びた顔つきに見えた。

けれど、愛らしさと滲み出る清らかさはそのままだ。

「おいで」と両腕を広げれば、「桐島さん……‼」と叫んだ彼女が飛び込んでくる。

華奢な背中が震えて、桐島の着流しの胸元が、たちまち彼女の涙に湿っていった。

桐島の心が歓喜に包まれる。

有紀子が愛しくてたまらない。

(もう二度と寂しい思いをさせない。有紀子をいつでも抱きしめられる距離にいなければ。彼女を守り、この先も人生を共に歩んでいこう……)

彼女を抱きしめる腕に力を込めて、心に誓う桐島であった。

END

あとがき

この文庫をお手に取ってくださいました皆様に、厚くお礼申し上げます。

ラブコメを多く書いている私ですが、今作は雰囲気をしっとりさせたいと思い、このような物語になりました。

健気で清純、奥手なヒロインと、紳士的で常にヒロインを守ってくれる大人なヒーローは、ベリーズ文庫の王道です。(たぶん)

きっと、間違えていないはず……と信じて真面目に書き進めていたのですが、抑えきれないコメディ好きの性格が、一部に出てしまいました。

番外編にて、桐島と父とのやり取りに笑ってくださった方がいらっしゃいましたら、とてもありがたいです。そこだけコミカルで、違和感を覚えた方がいらっしゃいましたら、どうかお許しを。

有紀子と桐島に変顔をさせたり、どじょうすくいを踊らせるのは堪えたんです。

私はボケてツッコみたい……執筆の際はいつもその欲求と戦っています。

ヒーローをハーフにした理由は、単純に、チョコレートといえばベルギーだと思ったからでした。これがヨーグルトの会社なら、桐島はブルガリア生まれであったことと思います。

完全に外国籍の方だと、馴染みの薄い私はちょっと想像しにくいので、国籍を日本にして、日本姓を名乗らせてみました。

このように私は根っからのコメディ好きなため、今後もラブコメ作品が多くなると思いますが、時々、今作のようなしっとりした物語も書いていこうと考えています。（私の既刊のベリーズ文庫では、『モテ系同期と偽装恋愛⁉』がほんのり切なさもあるストーリーです。今作を気に入ってくださった方に、小さな声でオススメを……）

最後になりましたが、編集担当の福島様、妹尾様、文庫化にご尽力いただいた関係者様、書店様に深くお礼申し上げます。

表紙を描いてくださった蔦森えん様、台所シチュエーションの表紙は初めてで、胸キュンさせていただきました。素敵なイラストをいつもありがとうございます。

文庫読者様、ウェブサイト読者様には、平身低頭で感謝を！

またいつか、ベリーズ文庫で、皆様にお会いできますように……。

藍里（あいさと）まめ

藍里まめ先生への
ファンレターのあて先

〒104-0031
東京都中央区京橋1-3-1
八重洲口大栄ビル7F
スターツ出版株式会社　書籍編集部　気付

藍里まめ先生

本書へのご意見をお聞かせください

お買い上げいただき、ありがとうございます。
今後の編集の参考にさせていただきますので、
アンケートにお答えいただければ幸いです。

下記URLまたはQRコードから
アンケートページへお入りください。
https://www.berrys-cafe.jp/static/etc/bb

この物語はフィクションであり、
実在の人物・団体等には一切関係ありません。
本書の無断複写・転載を禁じます。

愛育同居
エリート社長は年下妻を独占欲で染め上げたい

2019年3月10日　初版第1刷発行

著　者　藍里まめ
©Mame Aisato 2019

発行人　松島 滋

デザイン　カバー：井上愛理（ナルティス）
フォーマット：hive & co.,ltd.

校　正　株式会社　鷗来堂

編集協力　妹尾香雪

編　集　福島史子

発行所　スターツ出版株式会社
〒104-0031
東京都中央区京橋1-3-1　八重洲口大栄ビル7F
TEL　出版マーケティンググループ　03-6202-0386
（ご注文等に関するお問い合わせ）
URL　https://starts-pub.jp/

印刷所　大日本印刷株式会社

Printed in Japan

乱丁・落丁などの不良品はお取替えいたします。
上記出版マーケティング部までお問い合わせください。
定価はカバーに記載されています。

ISBN 978-4-8137-0640-3　C0193

ベリーズ文庫 2019年3月発売

『お見合い婚　俺様外科医に嫁ぐことになりました』 紅(くれない)カオル・著

お弁当屋の看板娘・千花は、ある日父親から無理やりお見合いをさせられることに。相手はお店の常連で、近くの総合病院の御曹司である敏腕外科医の久城だった。千花の気持ちなどお構いなしに強引に結婚を進めた彼は、「5回キスするまでに、俺を好きにさせてやる」と色気たっぷりに宣戦布告をしてきて…

ISBN 978-4-8137-0637-3／定価：本体640円＋税

『次期家元は無垢な許嫁が愛しくてたまらない』 若菜(わかな)モモ・著

高名な陶芸家の孫娘・茉莉花は、実家を訪れた華道の次期家元・伊蕗と出会う。そこで祖父から、実はふたりは許婚だと知らされて…その場で結婚を快諾する伊蕗に驚くが、茉莉花も彼にひと目惚れ。交際0日でいきなり婚約期間がスタートする。甘い逢瀬を重ねるにつれ、茉莉花は彼の大人の余裕に陥落寸前…!?

ISBN 978-4-8137-0638-0／定価：本体640円＋税

『極上御曹司のイジワルな溺愛』 日向野(ひなたの)ジュン・著

仕事人間で彼氏なしの椛は、勤務中に貧血で倒れてしまう。そんな椛を介抱してくれたのは、イケメン副社長・矢嶌だった。そのまま彼の家で面倒を見てもらうことになり、まさかの同棲生活がスタート！　仕事に厳しく苦手なタイプだと思っていたけれど、「お前を俺のものにする」と甘く大胆に迫ってきて…!?

ISBN 978-4-8137-0639-7／定価：本体650円＋税

『愛育同居～エリート社長は年下妻を独占欲で染め上げたい～』 藍里(あいさと)まめ・著

下宿屋の娘・有紀子は祖父母が亡くなり、下宿を畳むことに。すると元・住人のイケメン紳士・桐島に「ここは僕が買う、その代わり毎日ご飯を作って」と交換条件で迫られ、まさかのふたり暮らしがスタート!?　しかも彼は有名製菓会社の御曹司だと判明!「もう遠慮しない」――突然の溺愛宣言に陥落寸前!?

ISBN 978-4-8137-0640-3／定価：本体630円＋税

『ベリーズ文庫 溺甘アンソロジー2 極上オフィスラブ』

「オフィスラブ」をテーマに、ベリーズ文庫人気作家のあさぎ千夜春、佐倉伊織、水守恵蓮、高田ちさき、白石さよが書き下ろす魅惑の溺甘アンソロジー！　御曹司、副社長、CEOなどハイスペック男子とオフィス内で繰り広げるとっておきの大人の極上ラブストーリー5作品を収録！

ISBN 978-4-8137-0641-0／定価：本体660円＋税

タイトル、価格等は変更になることがございますのでご了承ください。